KB102204

탑 레시피가 보여!

탑 레시피가 보여! 1

레오퍼드 장편소설

초판 1쇄 찍은 날 § 2017년 3월 28일
초판 1쇄 펴낸 날 § 2017년 4월 4일

지은이 § 레오퍼드
펴낸이 § 서경석

편집책임 § 조현우
편집 § 이창진

펴낸곳 § 도서출판 청어람
등록번호 § 제387-1999-000006호
등록일자 § 1999. 5. 31
어람번호 § 제1-2659호

주소 § 경기도 부천시 부일로 483번길 40 서경B/D 3F (우) 14640
전화 § 032-656-4452 팩스 § 032-656-4453
http://www.chungeoram.com
Email § chungeorambook@daum.net

ISBN 979-11-04-91244-3 04810
ISBN 979-11-04-91243-6 (세트)

탑 레시피가 보여! 1

FUSION FANTASTIC STORY

레오퍼드 장편소설

도서출판 청람

C o n t e n t s

1. 묻지 마 운명

서울역 입구.

살을 에는 듯한 추위에 길거리를 지나는 사람들이 한껏 몸을 움츠린 채 옷깃을 여미며 걸어가고 있다.

위이이잉!

바람까지 불어대자 영하 10도의 추위에 떨던 사람들의 몸이 저절로 부르르 떨렸다. 사람들은 급히 지하철 입구로 뛰어들어갔다.

하지만 그 추위에도 지하철 입구에서 소주 한 병을 홀짝홀짝 마시고 있는 이가 있었다.

그의 이름은 강호검.

꾀죄죄한 몰골로 다 해진 점퍼와 구멍 난 신발을 신고 박스 위에 힘없이 주저앉아 있는 그는 한마디로 말해 노숙자였다.

그 길을 지나는 사람들 중 몇몇은 호검에게 돈을 던져주기도 했다. 어떤 이는 그가 불쌍해 보이는지 걱정스러운 말을 건네기도 했다.

"할아버지, 추워요. 지하철역 안에라도 들어가 계세요."

"괜찮아요. 나 아직 젊어."

호검의 말대로 그는 사실 아직 젊었다.

그의 나이 43세였는데 고생을 많이 해서인지, 안 씻어서 그런 건지, 아니면 얼굴을 뒤덮은 덥수룩한 수염 때문인지 액면 나이는 족히 60세는 되어 보였다. 그러니 사람들이 그를 할아버지로 보는 것도 어쩌면 당연했다.

"그래도 추우시잖아요. 저 안이 더 따뜻해요. 이러다 얼어죽어요."

"저 안은 답답해서……."

호검은 아무리 추워도 지하철역 안으로 들어가지 않았다. 그는 지하철역 안이 싫었다. 갇히는 것 같았기 때문이다. 자그마치 15년을 정신병원에 갇혀 있던 그다.

그래서 그는 이 길바닥에서 추위를 잊어보려고 이렇게 소주를 마시고 있는 것이었다.

초점 없는 눈으로 소주를 홀짝홀짝 마시던 호검이 갑자기 물끄러미 한곳을 쳐다보았다.

"와, 엄마! 눈 온다!"

엄마의 손을 붙잡고 길을 걸어가던 꼬마가 신이 나서 소리치고 있었다.

아이는 벙어리장갑을 낀 손을 쭉 뻗어 흩날리는 눈발을 잡으려고 했다. 엄마는 아이를 사랑스러운 눈빛으로 바라봤다.

갑자기 호검의 눈시울이 붉어졌다.

'아, 나도 엄마가 있었으면 이렇게 되지 않았을까.'

호검은 고아였다.

그는 어릴 때부터 항상 열심히 살아왔다. 고아원에서도, 고아원을 나와서도. 하지만 세상은 혼자 살아남기에 그리 녹록지 않은 곳이었다.

고아로 태어난 것도, 일이 꼬이고 꼬여 이렇게 노숙자가 된 것도 그의 운명이었을까.

'운명? 그런 게 있긴 한 건가?'

운명이란 생각이 스치자 호검의 미간이 살짝 찡그려졌다. 곧이어 그의 고개가 천천히 건너편의 한 천막 쪽으로 돌아갔다.

〈점/타로카드/사주팔자/연애운/직업운/금전운〉

운명을 봐드립니다!

갑자기 호검이 추위 때문인지 손을 벌벌 떨면서 자신의 겉옷 주머니를 뒤지기 시작했다. 그의 주머니에서는 동전으로 천 원가량이 나왔다.

'이것뿐이네. 저거 한번 보려면 만 원은 있어야 할 텐데.'

호검이 땅이 꺼져라 한숨을 푹 내쉬었다.

그런데 그때 고급 모피를 입은 한 여자가 호검의 앞을 지나다가 갑자기 멈춰 섰다. 그녀의 비서로 보이는 정장을 입은 한 젊은 남자가 그녀에게 우산을 받쳐주고 있었다.

"쯧쯧, 이 추위에……."

여자는 지갑을 꺼내더니 호검의 앞에 만 원짜리 한 장을 슥 내려놓았다. 호검은 만 원이나 적선받는 일은 꽤 드문 일이라 눈이 휘둥그레져서 여자를 올려다보았다.

"가, 감사……."

하지만 여자는 호검을 쳐다보지도 않고 그의 말이 끝나기도 전에 다시 자기 갈 길로 고고히 떠나갔다.

호검은 잠시 그녀의 뒷모습을 쳐다보았다가 바람에 날아갈까 봐 얼른 만 원을 주머니에 쑤셔 넣었다.

'마지막으로 내 운명이나 알아보자.'

호검은 건너편의 천막 점집으로 가려고 몸을 일으켰다. 하도 한 자세로 오래 앉아 있어 몸이 굳어서인지 마치 녹슨 로봇처럼 관절들이 삐거덕거렸다.

그는 미적거리며 자리에서 일어섰다. 그러고는 불안한 눈빛으로 주변을 두리번거리며 조심스럽게 지하철 입구로 향했다.

그는 가쁜 숨을 몰아쉬며 지하철 입구로 들어가서 건너편 입구로 나왔다. 그리고 점집 천막 안으로 들어갔다.

천막 안에는 점퍼를 입은 한 30대 정도밖에 안 되어 보이는 남자가 앉아 있었다.

"헉헉, 여기 점 봐주시는 분 어디 가셨어요?"

"전데요. 제가 점 봐주는 사람입니다."

"되게 어려 보이는데……."

"운명을 점치는 건 나이와는 상관이 없죠. 안 그런가요?"

"아, 그건 그러네요. 근데 잘 맞히시나요? 제가 돈이 별로 없어서……. 요 만 원이 전부거든요."

호검이 떨리는 손으로 만 원을 내밀었다.

호검은 만 원밖에 없으니 다른 곳에서 다시 점을 볼 수 없었다. 그러니 이 도사가 꼭 잘 맞히는 사람이길 바랐기에 이런 질문을 한 것이다.

"그거야 나중에 확인해 보시면 알 일이죠. 보신 분들은 잘 맞힌다고 하긴 하던데, 어디 보자……."

도사는 호검을 위아래로 쓱 훑어보더니 이어 얼굴을 뚫어져라 쳐다보다가 고개를 갸웃거리며 말했다.

"흠, 고아였고. 아닌가? 아버지는 있던 것 같기도 하고. 이상하네."

그런데 호검의 얼굴이 대번에 환해지더니 박수를 치며 소리쳤다.

"맞아요! 고아였는데 양아버지가 계셨거든요!"

"아, 그렇군요. 그리고… 음, 식칼이 떠오르네요. 요식업에 종사하셨나 봐요?"

"오, 용하시네요!"

젊은 도사가 이 정도 얘기하자 벌써 호검의 마음속에는 도사에 대한 무한 신뢰감이 생겨났다. 그는 즉시 자리에 앉으며 탁자 위에 만 원을 내려놓았다.

"이거면 될까요?"

"네. 에휴, 참 짠한 분이시네. 고생 많이 하셨네요."

도사는 호검을 측은하게 바라보았다. 호검은 그의 인생을 다 안다는 듯 말하는 도사의 말에 울컥해서 눈물이 핑 돌았다.

그리고 마치 자신의 사정을 다 아는 친구에게 속풀이를 하듯 살아온 인생 이야기를 꺼내놓기 시작했다.

"맞아요. 전 고아였고, 그래서 어린 시절 고아원에서 자랐어요. 근데 참 그 고아원 생활도 힘들었죠. 중학생 땐가, 거기 원장이 하도 쥐어 패서 그곳을 뛰쳐나왔어요. 그리고 한 보쌈집에 일자리를 달라고 사정했는데, 그곳에서 제 생에 처음이자 마지막 은인을 만난 거죠. 그 보쌈집 사장님은 제 양아버지도 돼주시고 정말 좋은 분이셨는데……."

호검은 양아버지 생각이 나자 목이 메어 잠시 말을 멈췄다.

도사는 고개를 끄덕이며 아무 말 없이 호검의 어깨를 토닥였다.

호검이 취직하게 된 보쌈집의 사장 또한 고아였기에 호검을 측은하게 여기고 어린 그의 숙식을 해결해 주었던 것이다.

보쌈집 사장은 호검을 아들처럼 여기며 잘 대해주다가 몇 년 후 호검을 양자로 들였다. 그는 호검에게 보쌈 만드는 비법도 알려주었고, 둘은 서로 의지하며 보쌈집을 성실하게 10년가량 운영했다.

사장님은 호검이 성인이 된 후에는 월급을 주는 것이 아니라 동업자처럼 순수익을 절반 나눠줄 정도로 호검을 믿고 그를 아꼈다.

호검 또한 그 사랑에 보답하기 위해 항상 열심히 일했고, 양아버지를 잘 따랐다.

"그 양아버지와 함께한 10년은 정말 너무 행복한 날들이었죠."

"아버지가 보고 싶겠군요."

"네. 정말 잘해주셨는데…….. 너무 좋은 분이셨죠. 하늘도 무심하시지, 그렇게 좋은 분을 그렇게 일찍 데려가다니 말예요."

10년 정도 지나자 단골들의 입소문을 타고 그들의 보쌈집이 드디어 대박집 행렬에 들기 시작했다. 대박집이 되어 손님들이 몰려들자 일손이 부족한 그들은 새로 종업원을 세 명이나 더 고용했다.

양아버지와 호검은 힘들었지만 돈이 마구 들어오니 신이 났다.

그러나 그 행복은 잠시뿐이었다.

대박집이 된 지 1년도 채 되지 않아 양아버지가 갑자기 교통사고로 죽고 만 것이다.

그리고 엎친 데 덮친 격으로 보쌈집에 악재가 연이어 일어났다.

"제가 그 보쌈집을 물려받았는데 그때부터 일이 꼬이기 시작한 거죠. 근데 그것도 제 잘못은 아니었어요. 누군가 일부러 음모를 꾸민 것이니까요. 아, 제 잘못이 한 가지 있긴 하네요. 모른 척 넘어가지 않은 것."

"다시 그 상황이 오면 모른 척 넘어갈 건가요, 그럼?"

"네, 당연하죠. 어차피 제가 당해낼 사람들이 아니었어요."

"그럼 그냥 잊고 사실 거예요? 없던 일로 하고?"

"음, 아뇨. 때를 기다려야죠. 힘을 키워서요. 후우. 근데 시간은 되돌릴 수 없는데 이런 얘기가 다 무슨 소용이겠어요?"

호검의 말에 도사는 알 수 없는 미소를 지었다. 호검은 다시 한 번 한숨을 내쉬더니 말을 이었다.

"그래서 그놈들한테 잡혀서 15년을 정신병원에서……. 정신병원은 정말 제정신인 사람이 들어가도 정신병자가 될 수밖에 없는 곳이에요. 고아원보다도, 지금 이렇게 노숙자 신세보다도 끔찍했죠. 제정신으로 정신병원에 있는 건 말이에요."

호검은 정신병원에서의 기억이 떠오르자 두려움과 분노로 온몸을 떨었다.

"그곳에서 겨우 도망쳐 나왔지만, 아직도 언제 다시 잡혀 들어갈지 모르는 상태거든요. 그래서 말이죠, 솔직히 전 아무런 희망이 없어요. 아무 일도 할 수가 없고요."

호검은 자신의 인생을 도사에게 털어놓으며 깨달았다. 자신은 정말 희망이 없다는 사실을.

"꿈은 뭐였어요?"

도사가 대뜸 호검에게 물었다.

"꿈이요? 당연히 요리사였죠! 아, 그냥 요리사가 아니고 돈 많이 버는 요리사! 실은 그때 양아버지가 돌아가시기 직전에 아는 유명 요리사 분들 소개시켜 준다고 했는데 그리되셔서……. 제가 모든 요리를 다 섭렵하고 해외로 나가서 한국을 대표하는 요리사가 될 거라고 했거든요. 왜, 4년마다 열리는 WCC 세계요리월드컵 있잖아요! 거기서 우승하는 게 제 꿈이었어요."

꿈 얘기를 하는 동안 호검의 눈빛은 마치 어린 소년이 장래 희망을 얘기하는 것처럼 천진난만하게 빛났다.

도사는 묵묵히 호검의 꿈에 대해 들으며 그를 뚫어져라 쳐다보고 있었다. 그리고 호검의 말이 끝나자 천천히 입을 열었다.

"꿈을 이룰 수 있을 거예요. 힘내세요."

"네? 정말요? 전 쫓기는 신세인 데다 노숙자인데요."

"운명이란 게 왜 있겠어요? 현재의 상황은 중요하지 않아요. 부자가 하루아침에 거지가 될 수도 있고 거지가 하루아침에 부자가 될 수도 있죠. 운명은 모르는 거예요. 다 살아보기 전에는."

"오! 그렇다면 복권이 될 수도 있겠군요! 아니면 우리 양아버지처럼 좋은 분을 만나거나!"

도사는 호검의 말에 빙긋 웃었다.

호검은 오랜만에 이를 모두 드러내며 환하게 웃었다. 얼굴이 더러워서 그런지 그의 이가 더 환하게 빛났다.

그의 빛나는 이만큼 그의 마음에도 밝은 희망이 피어나는 듯했다.

"도사님, 감사합니다! 감사합니다!"

사실 도사는 그냥 앞으로 잘될 거라는 말밖에 해준 것이 없었지만 호검에게는 큰 위로가 되었다.

호검은 연신 고개를 숙여 인사하고는 가벼운 발걸음으로 점집 천막을 나섰다.

그런데 그때, 한 우락부락하게 생긴 남자 하나가 그를 세게 툭 치고 지나갔다.

그리고 그가 스쳐 지나감과 동시에 호검은 배에 통증을 느꼈다.

"윽!"

호검은 그 자리에 푹 고꾸라졌다.

쓰러진 호검은 피가 철철 흐르고 있는 자신의 오른쪽 옆구리를 더러운 손으로 움켜쥐었다.

순식간에 그의 주변으로 피가 흥건해지자 사람들이 소리를 질러댔다.

"아악! 피!"

"119 불러요!"

"이봐요! 괜찮아요?"

사람들이 그의 주변으로 몰려들었다.

'칼에 찔리면 아프구나. 이렇게 피가 많이 나니까 난 곧 죽겠지? 난 여기서 죽을 운명이었던 거군. 그래, 이것도 나쁘지 않아. 죽으면 아부지를 볼 수 있을 테니까. 그리고 더 이상 쫓기지 않아도 되지. 그렇지. 좋은 거야.'

호검은 모든 것을 체념하고 눈을 감았다.

멀리서 사이렌 소리가 들린다. 희미하게 뛰는 심장 소리도 들린다. 사람들의 웅성거림도 들린다.

그러다 어느 순간 뚝. 모든 것은 그렇게 끝났다.

2. 회귀인 건가

눈앞에 웬 아이의 작은 손이 보인다. 그 손에는 책 한 권이 들려 있었다.

'뭐지? 꿈인가?'

호검은 자신의 손을 움직여 보았다. 그러자 눈앞에 있던 아이의 작은 손이 움직였다.

'뭐야? 이거 내 손이야?'

호검은 깜짝 놀라 책을 떨어뜨리고 주변을 둘러보았다. 작은 쪽방이다. 어디선가 본 적이 있는.

'엇, 여긴 내가 어릴 때 온 고아원 근처 서점 쪽방인데?'

호검은 자리에서 일어나 쪽방 문 옆에 놓인 거울에 자신의 모습을 비춰보았다.

"앗!"

호검은 놀라서 외마디 비명을 질렀다. 거울에 비친 모습은 대략 열 살 정도 되었을 때의 모습이었다. 이게 꿈인가, 생시인가? 호검은 자신의 볼을 꼬집어보았다.

"아악!"

아프다. 역시 꿈은 아닌가 보다. 그럼 진짜 내가 다시 열 살 소년이 된 것인가?

"호검아, 왜 그러니?"

서점 주인아저씨가 호검의 비명 소리에 쪽방으로 달려와 물었다.

"아, 아무것도 아니에요. 책을 떨어뜨렸는데 발등을 찧어서요. 하핫!"

호검이 책을 주워 들며 멋쩍게 말했다. 주인아저씨는 계속 책을 보라며 쪽방을 다시 나갔다. 호검은 자리에 다시 앉아 책을 펼쳐 든 채 생각에 잠겼다.

'뭐지? 난 죽은 게 아니라 어린 시절로 회귀한 거야? 설마? 이게 말이 돼?'

꿈이라면 이렇게 생생할 수가 없다. 근데 회귀가 말이 되는가. 일단 서점 밖으로 나가서 좀 더 살펴봐야겠다.

호검은 일단 읽던 책을 내려놓고 서점 쪽방을 나와 신발을 신었다. 그리고 천장 높이까지 쌓여 있는 고서적들 사이의 좁은 통로로 걸어 나가기 시작했다.

쪽방은 서점의 미로 같은 안쪽에 자리하고 있었기 때문에 호검은 이리저리 몸을 틀어가며 책 사이를 지나갔다.

툭.

좁은 책 사이를 지나가다 보니 삐죽이 튀어나와 있는 책을 쳤는지 책 한 권이 활짝 펼쳐지며 그의 발 앞에 떨어졌다.

책을 주우려고 몸을 숙인 호검이 펼쳐진 페이지를 보고는 눈이 커졌다.

"요리사의 돌? 요리 책인가?"

지금 호검은 몸만 소년으로 돌아온 것이 아니라 마음도 그때 그 시절 소년의 마음처럼 호기심이 발동했다.

자신이 꿈속에 있는 것인지, 진짜 회귀를 한 것인지는 잠시 접어두고 그의 온 신경이 책에 꽂혔다.

그는 얼른 책을 집어 들어 제목을 확인했다. 그런데 책의 겉표지에는 앞뒤 모두 아무런 글자도 쓰여 있지 않았다.

'도대체 이게 무슨 책이지?'

호검은 그 자리에서 책을 훑어보았다.

다른 페이지는 전부 이상한 글자로 쓰여 있어 무슨 말인지 도무지 알 수가 없었고, 유일하게 〈요리사의 돌〉이라고 한글로 쓰여 있는 페이지만 알아볼 수 있었다.

'요리사의 돌이라면 뭔가 요리를 잘하게 해주는 그런 것 아닐까? 마법사의 돌도 뭔가 좋은 거였잖아.'

그런데 그 요리사의 돌이라고 적혀 있는 페이지도 그 글자 외에는 전부 그림으로 표현되어 있었다. 호검은 알아볼 수 있는 글자가 없으니 그림을 유심히 살펴보았다.

그림에는 어떤 장소가 그려져 있었는데, 산속의 한 산장을 그려놓은 것 같았다.

호검은 고개를 갸웃거리며 그림을 살피다가 갑자기 무슨 생각이 떠올랐는지 표정이 밝아졌다.

"나 여기 가본 적 있어! 맞아! 바로 거기야!"

호검은 그길로 즉시 서점을 빠져나와 근처 야산으로 향했다. 야산은 높진 않았지만 그 야산과 연결된 산 너머에 있는 바위산은 꽤 가파른 곳도 있었다.

그는 20대 때 양아버지와 함께 등산을 한다고 그 야산 너머 바위산에 가본 적이 있었다.

인적이 드문 곳인 데다 등산로가 나 있는 것도 아니어서 그때 산에서 길을 잃었다.

해가 저물어 둘은 난감해졌는데, 다행히 한 비어 있는 산장을 발견했다.

호검과 양아버지는 그곳에서 하룻밤을 묵고 다시 내려올

수 있었는데, 그 책 속 그림에 나온 산장이 바로 호검의 기억 속 그 빈 산장이었던 것이다.

가는 도중 해는 저물어 어두컴컴해졌지만, 그는 너무도 명확히 그곳을 기억하고 있었다. 그는 땀을 뻘뻘 흘리며 산을 올랐다.

한참을 올라가자 드디어 저 멀리 그 빈 산장이 보이기 시작했다.

"저기 있다!"

호검은 들뜬 마음에 발길을 더 재촉했다. 호검은 바위들을 이리저리 밟으며 점점 더 산장으로 다가갔다.

"헉헉!"

'이제 여기만 넘으면 된다.'

산장으로 건너가기 위해서는 80㎝ 너비를 건너뛰어야 했다. 아래는 절벽으로 발을 헛디디면 바로 황천길로 직행인 곳. 호검은 마음을 가다듬고 뒤로 물러섰다가 있는 힘껏 점프를 했다.

탁!

됐다! 호검의 오른발이 건너편 바위 끝에 겨우 걸렸다. 호검은 얼른 산장으로 뛰어 들어갔다. 날도 어두워져서 빈 산장은 더욱 을씨년스러웠다.

조심스럽게 안으로 들어간 호검은 두리번거리며 돌을 찾기 시작했다. 어두워져서 산장 안이 잘 보이지 않는 상황이라 그는 손으로 이곳저곳을 더듬어봤다.

'이럴 줄 알았으면 라이터라도 가져오는 건데……'

산장 안을 열심히 뒤지고 있는데, 갑자기 어디선가 툭 하고 무언가가 떨어지는 소리가 들렸다. 그리고 그 떨어진 무언가가 그의 발에 닿는 느낌도.

순간 호검은 심장이 오그라들었지만 천천히 몸을 숙여 발쪽을 더듬어보았다. 그러자 그의 손에 돌 하나가 잡혔다.

'이거 맞나?'

돌이긴 돌인데 이게 요리사의 돌이라는 것을 확신할 수 없어 고민하는데 돌에서 갑자기 빛이 나기 시작했다.

돌은 처음엔 마치 불씨를 품은 숯처럼 벌건 빛을 내더니 곧 하얀 빛으로 변해 신비로운 기운을 뿜어냈다.

"맞다! 맞아!"

호검은 어두운 산장을 밝게 비춘 신비로운 빛을 보고 요리사의 돌임을 확신했다. 그는 얼른 돌을 주머니에 쑤셔 넣고 으스스한 산장을 빠져나왔다.

다시 돌아가는 길.

날은 이제 완전히 어두워져 산은 칠흑같이 어두웠다. 그는 곧 좀 전의 그 위험천만한 절벽에 다다랐다.

호검은 감에 의존해 있는 힘껏 반대편 바위로 점프를 했다.

이번에도 그의 오른발이 반대편 바위 끝에 겨우 걸렸다.

이제 상체를 앞으로 기울이기만 하면 되는데, 오른발을 있는 힘껏 디디는 순간,

후두두두둑!

"으악!"

호검이 디딘 곳의 바위 일부가 떨어져 나가며 호검과 함께 절벽 아래로 곤두박질치기 시작했다.

하강하는 호검의 머릿속에 모든 일이 주마등처럼 스쳐 지나갔다.

'아, 또 이렇게 죽는 건가? 어떻게 해도 난 죽는 운명인 건가? 요리사의 돌도 못 써먹어보고……. 아니, 이게 꿈인 건가?'

몇 초 후, 호검의 머리가 산 아래 커다란 바위에 퍽 하고 떨어졌다. 그의 머리에서 피가 콸콸 쏟아져 나왔다.

"하아, 이번엔 정말 아부지나 만났으면……."

호검은 마지막 말을 남기고 눈을 감았다.

*   *   *

잠시 허공을 나는 듯한 기분을 느끼던 호검은 갑자기 숨을 크게 들이마시며 눈을 번쩍 떴다.

"뭐, 뭐야? 여기는 어디지? 또 꿈인가?"

호검은 고개를 좌우로 세차게 저으며 주변을 재빨리 둘러보았다.

병원이다. 응급 환자들이 실려 들어오는 걸로 보아 응급실인가 보다.

'누가 날 구해준 건가? 나 살았나?'

호검은 이제 고개를 숙여 자신의 몸을 훑어보기 시작했다. 핏자국은 없다. 게다가 열 살 소년의 몸이 아니라 성인의 몸이다.

'이건 또 어떻게 된 거야?'

호검은 정신이 하나도 없었다.

이게 도대체 어찌 된 일인지. 그는 얼른 응급실 밖으로 나가려고 출입구 쪽으로 향했다. 그리고 응급실 유리문에 비친 자신의 모습을 확인했다.

지금 그는 스물다섯 살 정도 되어 보였다.

"이젠 청년이야? 에이, 이래놓고 또 죽겠지. 나보고 도대체 몇 번을 죽으란 거야?"

체념하며 살던 그도 이젠 짜증이 나려고 했다.

죽으면 죽고 살려면 살지, 도대체 이 정신없는 상황은 무엇이란 말인가? 운명의 장난도 정도가 있어야지.

그는 이제 아무것도 믿을 수 없는 상태였다. 심지어 자신이 살아 있다는 것도 믿을 수 없는 지경에 이르렀다.

'정신병원에 갇혀서 오래 있었더니 진짜 정신병자가 된 건가? 도대체 뭐가 진짜야?'

그는 머리를 감싸 쥐고 그 자리에 풀썩 주저앉았다. 어떻게 살아야 하나. 아니, 고민할 필요도 없었다. 곧 죽을 것 같았으니까.

그때 갑자기 응급실에 비명 소리가 울려 퍼졌다.

"꺄악! 왜, 왜 이러세요!"

응급 환자로 들어온 한 남자가 갑자기 화를 내며 행패를 부리기 시작한 것이다.

그는 혼자 난동을 부리다 스스로 다쳐서 응급실에 온 환자였다. 그는 칼을 꺼내 들고 여자 간호사 하나를 인질로 잡은 채 소리를 질렀다.

"나 여기 있는 놈들 다 죽일 거야! 의사나 간호사나 다 죽일 놈들이야! 돈 없는 놈은 치료도 안 해주잖아!"

응급실 안 사람들은 소리를 지르며 주변으로 피했고, 간호사들은 112에 신고했다.

그때, 호검이 천천히 자리에서 일어났다.

"오호라, 이번엔 이렇게 죽는 거구만! 에이, 그래, 어차피 죽을 거, 멋있게 한번 죽어보자!"

이미 두 번 죽어봤고, 이러나저러나 어차피 죽을 거라는 생각이 드니 죽는 것도 두려울 것이 없었다.

호검이 해탈한 표정으로 인질범을 쳐다보았다.

"너, 너, 다가오지 마! 진짜 이 여자 죽인다!"

인질범이 고래고래 소리를 질렀지만, 호검은 아랑곳하지 않고 곧장 인질범에게로 돌진했다.

무턱대고 돌진해 오는 호검을 보고 인질범은 깜짝 놀라 여자를 놓아주고 슬금슬금 뒷걸음질을 쳤다.

호검에게 아무 두려움이 없어 보이니 오히려 인질범이 그 기세에 눌린 것이다.

"저리 안 가? 진짜 죽여 버린다!"

인질범은 뒷걸음질을 치면서 호검에게 소리를 질렀다. 호검은 죽을 각오를 한 터라 그런 소리는 협박으로도 들리지 않았다.

그런데 호검이 인질범의 바로 앞까지 다가갔을 때 믿을 수 없는 일이 벌어졌다.

쨍!

인질범은 칼을 마구 휘두르고 있었는데 눈 깜짝할 사이에 인질범의 칼이 바닥으로 떨어졌다.

동시에 인질범은 자신의 오른쪽 목덜미를 부여잡고 신음을 내뱉었다. 그는 당황한 표정으로 호검을 쳐다보았다.

"으으윽!"

호검의 오른손이 손날치기 동작으로 칼을 들고 있는 인질 범의 오른 손목을 정확히 쳐냈다. 그리고 이어 멈출 새도 없이 마치 엄청난 속도로 채를 썰 듯 인질범의 오른팔을 탁탁 탁 치고 올라가 마지막으로 인질범의 목덜미를 강타한 것이 다.

　'뭐, 뭐야?'

　당황한 것은 인질범뿐만이 아니었다. 호검 또한 자신의 몸놀림에 깜짝 놀랐다.

　그는 전혀 그럴 의도가 없었는데, 순간적으로 손이 저절로 움직인 것이다. 빠르기도 했고 흔들림도 없었다.

　마치 예전 칼질의 고수라는 별명을 가졌을 때처럼.

　"와! 대단한 사람이네!"

　"봤어, 손놀림? 무슨 칼질하는 것처럼 샤샤삭!"

　"너무 순식간이라 난 잘 못 봤는데!"

　사람들은 환호했고, 병원의 남자 직원 여럿이 인질범을 붙들었다.

　호검은 얼떨떨한 표정으로 자신에게 환호하는 사람들에게 머쓱해하며 인사를 했다.

　이 해프닝은 곧 경찰이 도착해 인질범을 잡아감으로써 종료되었고, 다시 응급실은 바삐 돌아가기 시작했다.

　호검은 여전히 이게 무슨 상황인가 싶어 응급실 한쪽 구석에서 자신의 손을 이리저리 돌려보고 있었다.

'내 손, 하나도 안 떨잖아. 내 손이 돌아왔어. 정신병원에 들어가기 전으로 말이야. 아냐, 그때보다 더 빠른 것 같기도 하고……'

호검은 젊을 적 칼질을 굉장히 잘해서 칼질의 고수라는 말을 들을 정도였다.

엄청난 속도의 채썰기 능력에 정교한 칼 솜씨까지 갖춘 사람이었다. 그는 그런 실력을 갖기까지 부단히도 노력했다.

그런데 정신병원에 있으면서 점점 손에 힘이 빠지고 수전증까지 와서 정신병원을 탈출한 후에는 칼을 한 번도 제대로 잡아보지 못했다.

오늘, 칼질을 한 것은 아니지만 손날치기의 느낌은 마치 채썰기를 할 때의 그 느낌 같았다.

'어디 가서 칼 좀 잡아봐야겠다. 음, 근데 나 안 죽은 거야? 이제 안 죽을 건가?'

그때, 호검의 귓가에 한 남자의 전화 소리가 들려왔다. 그의 목소리에 호검은 소름이 쫙 끼쳤다.

잊을 수 없는 목소리. 그의 인생을 망하게 한 바로 그 사람의 목소리였다.

그는 꿈인지 생시인지는 모르겠지만, 그 목소리를 듣고 지금 이 순간이 어떤 순간인지는 알 수 있었다.

"난 뭐… 열 좀 나는 정도? 이번엔 오대보쌈도 진짜 끝날 것 같은데? 파리보다는 식중독이 더 세지, 당연히. 너 이거 잘 되면 다 내 덕인 줄 알아. 근데 그 주방 보조는 돈 준다니까 얼른 자기가 알아서 하겠다고 하던데? 굴에 뭘 어쨌는지는 나도 모르지. 걔가 다 알아서 한 거니까."

호검은 천천히 자리에서 일어나 바로 옆 응급실 침대의 커튼을 슬쩍 들춰 그 사람이 맞는지 확인했다.

맞다. 바로 그 사람. 푸드 칼럼니스트 이용혁.

순간 커튼을 쥔 손에 힘이 들어갔다. 그리고 얼굴에 분노와 두려움이 서렸다.

'아, 지금이 바로 그날이구나! 내가 되돌리고 싶던 그날!'

양아버지에게 물려받은 오대보쌈이 망하게 된 이유. 그 이유를 꾸민 누군가.

그리고 그 누군가의 사주를 받고 일을 벌인 사람이 바로 이용혁이었다.

양아버지가 돌아가시기 며칠 전 한 손님이 오대보쌈에서 인기 메뉴인 해물보쌈전골을 주문했는데, 전골에서 파리가 나왔다며 항의를 했다.

호검은 그때 잠시 시장에 간 터라 이야기만 전해 들었는데, 양아버지가 사과를 하고 다른 음식을 서비스로 주었다.

당연히 음식값도 안 받았고. 그리고 그 당시 손님도 별말

없이 조용히 돌아갔다고 들었다.

그래서 상황이 잘 마무리된 것으로 알았는데, 양아버지가 돌아가신 날 기사가 나온 것이다.

'위생 불량 대박집—오대보쌈'이라는 제목으로.

그때 호검은 그 손님이 바로 푸드 칼럼니스트 이용혁이라는 사실을 알게 되었다.

아예 상호명까지 적힌 기사가 나오는 바람에 오대보쌈에는 근 두 달간 손님이 뚝 끊겼다.

안 그래도 양아버지가 돌아가셔서 힘들던 호검은 굉장히 힘든 시간을 보냈다.

하지만 호검은 양아버지와 함께 일궈낸 이 음식점을 그냥 망하게 둘 수는 없었다. 그래서 새로운 메뉴도 만들고 할인 행사도 하면서 다시 재기를 노렸다.

이러한 호검의 노력으로 삼 개월쯤 지나자 다시 손님들이 북적이기 시작했다.

힘든 시간을 버텨낸 오대보쌈이 다시 대박집의 기미가 보이려는 찰나, 또다시 악재가 닥쳐왔다.

그건 바로 식중독. 보쌈과 함께 나가는 굴김치의 굴이 문제가 있었던 모양이다.

호검은 식중독 소식에 곧바로 이 병원을 찾아왔고, 푸드 칼럼니스트 이용혁의 전화 통화를 듣게 된 것이다.

그리고 그 통화 내용을 엿들은 호검은 일부러 오대보쌈을 망하게 하려고 이 일을 사주한 누군가가 있다는 것과 그걸 도와준 사람이 바로 이용혁이라는 사실을 알게 되었다.

'그래, 옛날의 난 여기서 저놈의 멱살을 잡았지. 그래서 정신병원에 갇힌 거고.'

회귀 전 호검은 지금과 같은 상황에서 분노에 차 이용혁의 멱살을 잡고 배후가 누구냐고 난리를 피웠다. 그러다 배후 인물은 캐지도 못하고 도리어 자신이 그 배후 인물에 의해 정신병원에 갇히게 된 것이다.

'그래, 지금은 참을 때야. 내가 먼저 성공해서 그들이 건드리지 못할 사람이 된 다음 그때 박살을 내주겠어!'

이번엔 모른 척 넘어갈 것이다. 아는 척은 해봤으니까 이번엔 모른 척하고 살아보는 거다.

호검은 커튼을 쥐고 있던 손을 놨다. 그리고 휙 돌아 병원을 나왔다.

병원 밖으로 나온 호검은 물끄러미 하늘을 올려다보았다. 하늘은 청명한 가을 하늘이었다.

'참 맑은 날이네. 우리 아부지 처음 만난 날도 이렇게 좋은 날이었는데. 아부지 보고 싶다. 아부지 살아 계실 때로 돌아왔으면 좋았을 텐데……. 그래도 그 교통사고는 막지 못했을라나? 후우!'

호검은 한숨을 쉬다가 무심결에 자신의 바지 주머니에 손을 넣었다. 그런데 호검이 잠시 잊고 있던 것이 그의 손에 잡혔다.

'이, 이건 요리사의 돌?'

이 돌이 주머니에 있다는 것은 열 살 때로 돌아간 것도 꿈이 아니고 지금 이것도 절대 꿈이 아니라는 말이다. 호검의 눈이 휘둥그레지며 동시에 빠르게 두뇌 회전이 되기 시작했다.

이 요리사의 돌을 가지고 되돌리고 싶던 바로 그 25세 때로 돌아왔다? 그럼 돌아온 이유가 분명 있을 것이다.

'이건 신이 준 기회일지도 몰라!'

호검은 주머니의 돌을 힘껏 쥐었다. 잠시 그 자리에 우두커니 서서 생각을 정리한 호검은 다시 돌아서 병원 안으로 들어갔다.

"죄송합니다. 죄송합니다."

호검은 식중독으로 입원한 손님들 하나하나를 찾아가 사과를 전하며 보상을 해주기로 했다.

그의 식당에서 벌어진 일이고, 회귀 전에도 밝혀내지 못한 배후 인물을 당장 찾아내기도 불가능한 일이었으니까.

그는 일단 이 일을 해결하고 추후에 차근차근 그들을 파헤칠 생각이다. 물론 그의 힘도 키우면서 말이다.

이 일로 식약청에서도 조사가 나왔고, 호검은 성실히 조사에 임했다. 그렇게 하루가 순식간에 지나갔다.

그날 밤 호검은 기진맥진한 상태로 양아버지와 함께 살던 전셋집으로 돌아왔다.

양아버지와의 추억이 있는 그립던 집. 정신병원에 갇히면서 거의 15년을 못 와본 집이다.

호검은 현관에서 신발을 벗고 거실로 한 발짝 들이자마자 눈물이 핑 돌았다.

양아버지 생각, 정신병원에 갇혀서 고생한 일, 노숙자로 힘겹게 하루하루 연명하던 날들이 주마등처럼 그의 머릿속을 스쳐 지나갔다.

'정말 이제 다시 시작인 거야.'

3. 요리사의 돌

　호검은 가장 먼저 주방으로 들어섰다. 전셋집은 방은 두 칸
뿐이지만 거실이 넓고 특히 주방이 넓었다. 호검의 요리 실습
을 위해 양아버지는 일부러 이런 집을 구한 것이다.

　게다가 주방은 여러 가지 요리 실습을 해볼 수 있도록 오븐
도 있고 다양한 조리 도구로 완벽히 세팅되어 있었다. 이 모
든 것이 양아버지가 호검을 위해 준비해 준 것이다. 그것도
돌아가시기 바로 직전에 말이다.

　호검은 인조대리석으로 만들어진 아일랜드 식탁을 손으로
쓰다듬으며 양아버지를 떠올렸다.

"호검아, 여기에서 뭐 만들기에는 인조대리석이 좋대. 호텔 총괄 주방장인 내 친구가 그러는데, 반죽할 때도 좋고 요리할 때는 이렇게 평평한 식탁이 필요하다더라."

"아, 그렇겠네요! 와! 실용적이기도 하겠지만 우선 멋있어요! 감사합니다, 아부지!"

"아, 그리고 그 밑에 서랍 열어봐."

호검이 서랍을 열어보니 가죽으로 된 가방 하나가 들어 있다.

"이게 뭔데요?"

"조심해서 꺼내봐."

호검은 조심스럽게 가죽으로 된 가방을 꺼내 식탁 위에 펼쳤다. 가방을 펼치자 안에서 눈이 부실 정도로 반짝거리는 새 칼들이 줄지어 꽂혀 있다.

호검은 칼들을 보자마자 신이 나서 소리쳤다.

"와! 칼 세트!! 이거 진짜 갖고 싶었는데!"

호검은 멋진 새 칼들에서 시선을 떼지 못했다.

"와, 유틸리티나이프, 샤또나이프도 있네!"

가죽 가방 안에는 셰프나이프를 비롯해 과도라고도 불리는 다용도 칼인 유틸리티나이프, 각종 야채에 모양을 내는 샤또나이프(카빙나이프), 회칼, 중식칼 등이 들어 있었다. 이 선물은 칼질 고수인 호검이 정말 좋아할 만한 것이었다.

양아버지는 좋아하는 호검을 보고 뿌듯해하며 말했다.

"앞으로 네가 여러 가지 요리를 다 배우려면 이렇게 다양한 칼이 필요할 것 같아서 친구한테 제일 좋은 걸로 구해달라고 했어."

"아, 그 호텔 주방장 아저씨요?"

"응. 용도에 따른 칼이 이 정도는 있어야 요리하는 데 시간도 단축되고 힘도 덜 든대. 넌 이 부엌칼 하나만으로도 칼질 스킬이 좋지만 도구가 좋으면 더 빨리 할 수 있을 거야. 진작 사줬어야 하는 건데 미안하구나."

"아니에요! 정말 감사합니다, 아부지!"

이 칼 가방 하나면 모든 요리를 다 만들 수 있을 거라는 생각에 호검은 벌써 최고의 요리사가 된 것처럼 기뻤다.

"그래, 꼭 최고의 요리사가 되거라! 네가 최고의 요리사가 되는 것이 이 아버지의 꿈이란다."

아버지의 꿈, 그리고 호검의 꿈. 이번 생엔 꼭 이루고 말 것이다. 또한 그 꿈을 이루면 모든 일이 순조로워질 것이다.

호검은 가죽 가방을 펼쳐 칼들을 천천히 매만져 보았다.

'정말 우리 아부지는 좋은 분이셨는데… 하늘도 무심하시지.'

호검은 가죽 가방에서 셰프나이프를 꺼냈다. 칼에는 호검의 이름에 들어간 호랑이 호(虎) 자가 멋들어지게 새겨져 있었다. 칼을 응시하는 호검의 눈빛이 굳은 의지로 빛났다.

'반드시 세계 최고의 요리사가 될 거야.'

호검은 솔직히 칼을 보자 당장 자신을 정신병원에 가두고 인생을 망친 그놈들에게 달려가고 싶었다. 하지만 그 범행에 가담한 사람 중 호검이 아는 사람은 오로지 푸드 칼럼니스트 이용혁밖에 없었다. 또한 그에게 해를 가하면 호검은 범죄자가 될 것이다. 그럼 이번엔 정신병원이 아니라 감옥에서 썩게 될 것이 자명했다.

지금은 참고 때를 기다려야 했다.

호검은 다시 마음을 가라앉히고 칼을 가죽 가방에 도로 넣었다. 그는 가죽 가방을 한쪽으로 치워놓고 이번엔 주머니에서 요리사의 돌을 꺼냈다.

그런데 돌에서 빛이 나지 않았다.

'어? 이거 분명히 빛이 났었는데 이상하네.'

호검은 고개를 갸웃거리며 돌을 살펴보다가 이내 의심을 거뒀다.

'요리사의 돌을 내 주머니에 넣었고, 내 주머니에 들어 있던 돌을 꺼냈으면 그 돌이 요리사의 돌이지 뭐겠어? 처음에도 그냥 돌이었는데 조금 있다가 빛이 났으니 뭐, 빛이 났다가 안 났다가 하는 거겠지.'

그는 빛은 나지 않았지만 자신의 주머니에 들어 있었으니 분명 요리사의 돌이 맞을 것이라고 생각했다.

"가만있어 보자……."

그를 최고의 요리사로 만들어줄 이 돌, 이 돌의 비밀은 무엇일까.

돌을 흔들면 뭔가가 나오려나? 호검은 돌을 마구 흔들어보았다. 그러다 이건 너무 허무맹랑한 것 같아서 그만두고 이번엔 부엌칼로 쓰던 오래된 칼을 가져왔다.

그는 돌에 칼을 슥슥 갈아보려고 했다. 하지만 평평한 돌이아니라 잘 안 갈려서 힘을 주었다가 돌이 아니라 칼날이 나가고 말았다.

'에이, 이건 아닌가 보다. 그럼 음식 맛을 좋게 해주는 것밖에 안 남았네. 그래, 그게 아무래도 제일 신빙성이 있지.'

호검은 도마를 가져와서 아일랜드 식탁 위에 놓았다. 호검은 아무 음식이나 일부러 맛없게 만들어서 그 맛을 돌이 변하게 하는지 테스트해 보려는 것이다.

호검은 돌을 넣어보기엔 국이 좋을 것이라고 생각했다. 그래서 빨리 해 먹을 수 있는 것으로 간만 맞출 수 있는지 테스트를 해보기로 했다.

호검은 냉장고를 열어 무 하나를 꺼내 씻어서 도마 위에 놓았다. 그는 오랜만에 칼질 실력도 스스로 확인해 볼 수 있도록 칼질이 많이 필요한 걸 만들어보려는 심산이다.

호검은 가죽 가방에서 자신의 셰프나이프를 도로 꺼냈다. 순간 그의 칼이 빛을 받아 날카롭게 반짝였다.

그는 조금 걱정스러운 눈빛으로 칼을 쥐어보았다.

'오, 힘이 들어간다! 근데 칼이 원래 이렇게 가벼웠던가? 아님 내가 힘이 세진 건가?'

정신병원에서 주는 약을 먹어서 그런 건지, 정신이 이상해져서 그런 건지, 아니면 하도 오래 칼을 안 잡아서 그런 건지 정확한 이유는 모르겠지만 호검은 정신병원에 들어갔다 나온 후로 손에 힘이 잘 들어가지 않았다.

그런데 지금은 아주 좋았다. 당연히 회귀하면서 손도 회복된 것이겠지.

호검의 얼굴이 조금 밝아졌다. 그는 이제 칼을 힘 있게 꽉 쥐어보았다.

그리고 조심스레 칼을 무 위에 올리고 일순간 아래로 살짝 힘을 주어 내리눌렀다. 무가 쩍 하고 갈라졌다.

역시 손이 떨리지 않는다. 수전증도 사라졌다.

호검은 너무 기뻐서 어쩔 줄 몰랐다. 다시 칼질 고수로 돌아온 것이다.

그의 눈빛은 이제 자신감과 확신에 가득 차 있었다.

호검은 자신의 팔뚝보다 더 굵은 무를 가로로 한 번, 세로로 한 번 잘라서 네 토막을 만들었다. 그냥 둥근 무를 도마 위에 놓고 썰면 굴러다녀서 힘들고 이렇게 바닥 면을 평평하게 절반을 잘라서 채를 썰면 훨씬 채썰기가 쉽다.

그는 무 한 토막을 먼저 도마에 놓고 본격적으로 칼질을 시작했다.

호검은 칼의 손잡이를 감싸듯 쥐고 재료를 잡는 왼손은 손가락 끝을 구부려서 손가락의 끝마디가 조금 안쪽으로 들어가게 했다. 이렇게 해야 재료도 잘 고정시키면서 손가락을 베지 않기 때문이다.

그는 왼손의 두 번째 마디에 칼 옆면이 닿게 해서 수직으로 칼을 내려 썰었다. 그러자 반듯한 반달 모양의 무 슬라이스가 부드럽게 썰렸다.

"그래, 이 느낌이야!"

천천히 반달 모양의 무 슬라이스를 한번 썰어본 호검은 이제 신들린 듯한 솜씨로 균일하게 무를 슬라이스하기 시작했다.

착, 착, 착.

호검의 칼질 소리가 마치 일정한 박자에 맞춰 드럼을 두드리듯 도마 위에서 경쾌하게 울렸다. 아까 병원에서 인질범에게 행한 손날치기가 그냥 나온 것이 아니었다.

호검의 귓가에 자신의 칼질 소리가 울리자 그는 희열을 느끼는 동시에 오대보쌈의 종업원 하나가 자신에게 붙여준 별명이 떠올랐다.

칼질성애자.

그렇다. 그가 이렇게 칼질 고수가 될 수 있던 데에는 이 점이 가장 큰 역할을 했다. 그는 채썰기를 특히 빠르고 정확하게 할 수 있었는데, 그건 그가 채 썰 때의 그 느낌을 좋아했기 때문이다. 균일하게 썰리는 모양에도 왠지 모르게 희열감이 느껴졌다.

칼질을 좋아하니 당연히 많이 하게 되고, 또 그만큼 실력도 쑥쑥 늘게 된 것이다. 그는 오대보쌈이 대박집에 되기 전엔 보쌈김치에 필요한 무채도 채칼이 아니라 직접 부엌칼로 썰기도 했다.

이제 슬라이스는 끝났고, 호검은 본격적으로 채를 썰기 위해 슬라이스된 무를 오른쪽 방향으로 쓸듯이 눕혔다. 그럼 슬라이스된 무들이 서로 겹친 상태가 돼서 시작부터 끝까지 쉬지 않고 채를 이어서 빨리 썰 수 있었다.

"자, 그럼 오랜만에 한번 썰어볼까?"

근 15년 만이다. 이렇게 칼을 제대로 잡고 채썰기를 시작하는 것은.

호검은 크게 심호흡을 하고 칼을 들었다.

*   *   *

타다다다다다닥.

호검의 오른손은 정확하고 균일한 두께로 칼질을 했고, 왼손은 그 오른손이 왼쪽으로 움직여 오는 것에 따라 동시에 겹쳐진 무들을 잘 눌러주며 이동했다. 그야말로 왼손과 오른손의 환상적인 멀티플레이였다.

호검은 슬라이스된 무 전체를 마치 거침없이 난타를 하듯이 순식간에 채를 썰었다. 그리고 그의 칼질이 지나간 자리에는 균일한 무채가 수북이 쌓여 있었다.

"이야! 이거 내 손 맞아? 속도가 더 빨라진 것 같은데? 힘도 하나도 안 들고!"

호검은 칼을 든 자신의 오른손을 이리저리 돌리며 기특하다는 듯 쳐다보았다.

젊을 적에도 그는 이 정도 칼질을 할 수 있긴 했지만, 뭔가 더 동작이 가볍고 빨라진 느낌이 들었다.

그의 채 써는 동작과 속도는 마치 자동으로 채를 써는 기계 같았다. 무슨 로보캅 손이라도 장착한 듯한 느낌에 그는 자신감이 차올랐다. 요리사에게 있어 칼질을 정교하고 빠르게 하는 것은 가장 중요한 스킬이기 때문이다.

그는 빨리 국을 끓여보려고 무 4분의 1개만 채 썬 후 냉장고 문을 열었다.

'마늘이랑 들기름, 들깨 가루…….'

그는 중얼거리며 냉장고에서 다진 마늘과 들기름, 들깨 가루를 찾아 꺼내놓았다. 이 뭇국에 들어가는 재료는 이게 다였다. 여기에 간을 맞추기 위한 소금만 조금 있으면 되는 아주 간단한 음식이었다.

보쌈집을 하다 보니 고기는 원 없이 먹을 수 있던 호검과 양아버지는 가끔 이렇게 고기가 전혀 들어가지 않은 뭇국을 먹고 싶을 때가 있었다. 1년 365일 고기 냄새를 맡다 보면 아주 이골이 날 때가 많았기 때문이다.

호검은 먼저 냄비에 들기름을 넉넉히 두르고 도마 위의 채 썬 무를 쓸어 넣었다. 그리고 기다란 나무젓가락으로 무채를 이리저리 휘저으며 달달 볶았다.

얼마간 손을 놀리다 보니 뻣뻣하던 무채가 숨이 죽어 축 처졌다. 호검은 이제 물을 붓고 한소끔 끓어오르길 기다렸다. 그동안 그는 초조한 듯 요리사의 돌을 만지작거렸다.

'이게 아무런 능력도 없는 돌이면 어쩌지? 아냐, 뭔가 있긴 있을 거야. 내가 죽었다가 다시 회귀한 일이 일어난 걸 보면 이 돌도 뭔가 말도 안 되는 능력이 있을 거야. 그럼, 그렇고말고. 근데 왜 이렇게 안 끓어?'

호검은 돌을 만지작거리면서도 뭇국이 끓는지 지켜보고 있었는데, 지켜보고 있으니 국이 더 안 끓는 것 같았다. 호검은 안달이 나서 가스 불을 더 세게 올렸다.

잠시 후 뭇국이 팔팔 끓기 시작했고, 호검은 이제 중불로 불 세기를 낮추고 다진 마늘을 넣었다. 그리고 이제 가장 중요한 소금 간을 맞추기 위해 소금을 꺼내 들었다.

그런데 그는 큰 밥숟가락으로 소금을 거침없이 푹 퍼서 뭇국에 투하했다.

'이 정도는 넣어야 확실히 알 수 있겠지?'

그러고는 뭇국의 간을 봤다.

"윽! 엄청 짜네! 돌에 능력이 있다면 확실히 알 수 있겠지?"

호검은 불을 끈 후 들깨 가루를 넣어 뭇국을 완성했다. 그러고는 마치 주문을 거는 것처럼 눈을 꼭 감고 요리사의 돌을 손으로 꽉 한번 쥐었다가 뭇국에 살며시 넣었다.

'제발… 제발!'

호검은 요리사의 돌에게도 넉넉한 시간적 여유를 주기 위해 5분이나 기다려 주었다.

5분 후, 호검은 다시 뭇국의 맛을 보려고 숟가락을 집어 들었다. 기대감에 한껏 부푼 그는 침을 꼴깍 삼키고는 조심스럽게 뭇국을 한 숟가락 떴다.

과연 맛이 변했을까?

호검은 조심스럽게 뭇국을 맛보았다.

"윽! 똑같잖아!"

실망한 호검은 인상을 썼다. 괜히 뭇국만 버렸나 보다.

호검은 이런 능력이 아닌 것을 알았으니 얼른 뭇국에서 요리사의 돌을 건져냈다. 그는 돌을 물에 깨끗이 씻어놓았다.

"에휴."

요리사의 돌을 가지고 있으면 뭐 하나, 쓰는 법을 모르는데.

호검은 잠시 낙담해 있다가 그래도 곧 비밀을 알아낼 수 있을 거라고 스스로를 다독였다.

호검은 일단 돌은 고이 모셔두고 차근차근 자신의 미래를 그려보기로 했다. 그는 어차피 돌의 능력이 어떤 것인지 모르니 스스로 노력해야 하는 부분은 열심히 노력할 작정이다.

'앞으로 어떻게 할까.'

그는 한번 겪어봤기에 이 식중독 사건이 어떻게 마무리될지 대충 짐작하고 있었다.

'어차피 오대보쌈은 더 이상 영업을 못 할 거고, 난 다양한 요리를 배워야 해. 어디 취직을 해서 밑바닥에서부터 배우는 게 좋겠지? 음, 그럼 뭐부터 배우지?'

호검은 식탁 의자에 걸터앉아 고민했다. 양아버지가 계실 때는 상의할 사람도 있고 좋았는데, 그는 이제 혼자 모든 걸 고민하고 결정해야 했다. 호검은 양아버지가 생각나서 바지 뒷주머니에서 자신의 지갑을 꺼냈다.

낡아빠진 갈색 지갑. 양아버지가 성인이 되는 첫 생일 선물로 사준 것이다.

손때 묻은 그 지갑을 펼치자 어색한 웃음을 짓고 있는 양아버지의 사진이 나타났다.

호검은 양아버지의 사진을 보면서 말했다.

"아부지, 나 뭐 배울까요? 뭐부터 어떻게 해야 할지 모르겠어요. 후우!"

호검의 물음에도 양아버지는 아무 대답 없이 미소만 짓고 있다. 그래도 호검은 양아버지의 사진을 보면서 이렇게라도 말하는 것이 좋았다. 그리고 이렇게 혼자 사진에 말을 걸다 보면 착한 양아버지가 안타까워서라도 꿈에 나와 해답을 알려줄지도 모를 일이다.

양아버지의 사진을 보고 한참 동안 이런저런 말을 건네던 호검은 마지막으로 인사를 건넸다.

"아부지, 안녕히 주무세요."

지갑을 닫으려는데 문득 양아버지 사진 뒤에 빠끔히 삐져나와 있는 하얀 종이가 보였다.

'뭐지?'

양아버지가 돌아가신 후 호검은 아버지 지갑에 있던 것들을 자신의 지갑으로 옮겨놓았는데, 아마 그중에 있던 종이인 듯했다. 호검은 종이를 빼서 펼쳐 보았다.

종이에는 이름 하나와 휴대폰 번호가 적혀 있었다.

'최민석? 최민석이라면……'

어디서 많이 들어본 이름 최민석.

"그 호텔 주방장 아저씨? 맞다, 그 아저씨!"

호검의 얼굴이 대번에 밝아졌다. 호검은 양아버지의 장례식장에서 그를 한번 본 적이 있다. 그리고 양아버지를 통해 말은 많이 들었다. 호검에게 선물해 준 칼도, 이 주방 세팅도 모두 그 호텔 주방장 아저씨에게서 조언을 구한 것이다.

"아부지, 이 호텔 주방장 아저씨를 찾아가라는 말씀이시죠? 역시 우리 아부지야! 감사합니다, 아부지!"

호검은 양아버지 사진에 입을 맞추며 좋아했다.

호검은 일단 식중독 사건을 마무리하고 나면 제일 먼저 양아버지의 친구이자 호텔 총주방장인 최민석을 찾아가 보기로 했다.

*   *   *

오대보쌈의 식중독 사건은 영업정지 2개월, 벌금 100만 원, 그리고 식중독에 걸린 손님들에게 보상을 하는 것으로 마무리되었다.

물론 오대보쌈은 이용혁의 푸드 칼럼에 또 한 번 이름을 올렸다. 두 번이나 위생 문제로 기사가 난 오대보쌈의 재기는 이제 힘들어 보였다.

하지만 그건 이미 호검이 겪어본 일이었기에 별로 대수롭게 여기지 않았다.

'어차피 오대보쌈을 노리는 그놈들 때문에 장사는 못 해. 다시 열어도 또 이런 일이 일어날 테니까.'

호검은 이제 오대보쌈의 재기를 노리는 것이 아니라 우선 스스로 최고의 요리사가 되어 힘을 가질 것이다.

식중독 걸린 손님이 워낙 많아 호검은 보상을 해주는 데 가지고 있던 돈을 거의 다 날렸지만 불행 중 다행으로 양아버지와 함께 살던 전셋집과 약 석 달가량의 생활비 정도는 남길 수 있었다.

식중독 사건을 처리하는 틈틈이 시간이 나면 호검은 가장 중요한 요리사의 돌의 능력을 알아내기 위해 이것저것 고민해 보았다. 하지만 식중독 사건이 모두 마무리될 때까지 그는 아직 돌의 능력을 알아내지 못하고 있었다.

'아, 이대로 이건 포기해야 하나? 하긴 내가 열심히 하면 이 돌의 능력이 무엇이든 상관없을지도 몰라. 일단 난 칼질을 잘하니까. 내일은 호텔 주방장 아저씨를 찾아가 봐야겠다.'

답답해하던 호검은 일단 내일 양아버지의 친구인 호텔 주방장 최민석을 찾아가 요리부터 배우기로 했다.

그래도 못내 돌의 비밀을 풀지 못한 것이 아쉬운 호검은 잠자리에 들기 전 돌을 만지작거리고 있었다.

그런데 그때, 그의 휴대폰이 울렸다.

"누구지, 이 시간에?"

시간을 보니 벌써 밤 11시를 넘기고 있었다. 그는 고개를 갸웃거리며 휴대폰을 집어 들었다. 전화를 건 사람은 가끔 그에게 찾아와 술안주를 요구하던 고아원 시절 친구 오정국이었다.

호검은 그의 이름을 보곤 반가운 마음에 얼른 전화를 받았다. 그는 착하고 오지랖이 넓어 맨날 손해만 보는 안쓰러운 녀석이기도 했고, 회귀 전에 호검이 정신병원에 갇히기 전 도피하는 데 많은 도움을 준 친구이기도 했다. 게다가 호검은 15년도 넘게 정국을 보지 못했다.

"어, 정국아!"

─호검아, 우리 술 한잔하자. 나 안주 좀 해주라.

"뭐 먹고 싶은데?"

호검은 고마운 그에게 나긋하게 물었다.

─오, 웬일로 바로 이렇게 주문을 받으셔? 하하핫! 근데 내가 요리사냐, 네가 요리사지. 뭔가 맥주 안주로 딱인 그런 거.

"뭐, 우리 집에 보쌈 고기는 많은데, 그거나 먹을래?"

─그거도 좋지만 뭐 색다른 거 없냐? 니네 집에서 보쌈은

이골이 날 정도로 먹었잖냐!

"하긴……."

양아버지와 호검도 보쌈에 질릴 때가 있었기에 정국의 말에 고개를 끄덕였다.

─뭐 색다른 거 없을까?

"맥주 안주? 음……."

한 손에는 휴대폰을, 다른 한 손에는 돌을 만지작거리고 있던 호검은 색다른 맥주 안주를 생각하다가 갑자기 눈을 끔뻑거렸다.

"아, 아니!"

호검이 맥주 안주 메뉴를 생각하려는데 갑자기 무언가가 그의 머릿속에 번뜩 떠오른 것이다.

호검은 놀란 토끼 눈이 되어 요리사의 돌을 쳐다보았다.

*   *   *

"야, 잠깐 끊어봐. 내가 금방 다시 전화할게."

─어? 그래.

호검은 얼른 전화를 끊고서 눈을 감았다. 여전히 그의 왼손에는 요리사의 돌이 꽉 쥐어져 있었다. 그는 생각에 집중하려는 듯 미간을 찌푸렸다.

'색다른 맥주 안주라…….'

이번에도 역시 아까처럼 그의 머릿속에 번쩍하고 완성된 요리 이미지가 떠올랐다. 호검은 눈을 번쩍 뜨며 소리쳤다.

"엇! 이거 정말 돌이 알려주는 건가?!"

호검이 이런 생각을 하는 순간에도 그의 머릿속에는 파노라마처럼 요리 레시피가 저절로 떠오르고 있었다. 이건 마치 쿠킹 게임에서 만들 요리의 완성 이미지와 그 요리에 들어가는 재료, 요리법을 나열해 놓은 요리 책을 펼쳐 본 것 같았다.

'근데 이건 뭐지? 무슨 코코넛 가루를 묻혔나?'

처음 그의 머릿속에 떠오른 것은 완성된 요리의 이미지였고, 이어 그 요리의 요리법이 스냅 샷처럼 이어졌다. 재료부터 만드는 순서까지. 그는 자신의 머릿속이 컴퓨터가 된 것 같은 느낌이 들었다.

"와! 오! 어? 내가 이런 요리를 알고 있던가?"

감탄사를 연발하던 호검은 처음 보는 레시피에 깜짝 놀랐다. 이 레시피는 지금까지 그가 해본 적이 없는 요리였다. 그가 알지 못한 요리가 그의 머릿속에서 떠오르자 그는 너무나 신기하고 흥분되었다.

'어디 그럼…….'

호검은 다시 확인해 보기 위해 요리사의 돌을 손에서 내려놓았다. 그리고 이번엔 와인 안주로 할 만한 요리를 떠올려 보았다. 사실 호검은 와인을 먹어본 적이 손에 꼽을 정도였기에 딱히 와인 안주에 대해 잘 알지 못했다.

요리사의 돌을 손에 쥐지 않은 상태에서 호검의 머릿속에 떠오른 것은 고작 치즈와 카나페 정도였다. 그것도 그가 예전에 와인을 먹어보았을 때 본 음식이었다.

'안 떠오르네? 그렇다면 다시.'

그는 다시 요리사의 돌을 집어 들었다. 그리고 돌을 꼭 쥐고 와인 안주에 대해서 생각해 보았다. 그러자 그의 머릿속에 생생하게 이미지가 그려지기 시작했다.

"와! 오이 위에 와인에 졸인 홍합이라니! 내가 듣도 보도 못한 요리네!"

그의 머릿속에 떠오른 건 와인에 졸인 홍합을 한입 크기로 자른 오이 위에 얹어 소스를 뿌린 요리였다. 그는 홍합을 와인에 졸여본 적도 없고 이렇게 카나페 같은 한입 크기의 음식을 만들어본 적도 없었다. 하지만 삼겹살을 와인에 졸여본 적은 몇 번 있었다. 카나페도 먹어본 적이 있었고.

"이거 신메뉴 개발해 주는 그런 건가 보다! 대박!"

드디어 호검은 돌의 비밀을 알아낸 것이다. 주제를 생각하면 그 주제에 맞는 새로운 요리의 레시피를 알려주는 돌. 이것은 정말 굉장한 것이었다. 요리사라면 기존에 있는 요리들을 얼마나 맛있게 만들 수 있느냐 하는 것도 중요하지만 새로운 맛있는 메뉴를 개발하는 것이 굉장히 중요했다. 요리 대회에 나가서도 이건 정말 기막힌 능력이 될 것이다.

호검은 흥분해서 돌에 마구 키스를 해댔다. 그러다 정신을 차리고 얼른 돌을 방 안 서랍에 고이 모셔두고 다시 주방으로 나왔다.

"일단 맥주 안주부터 만들어보자."

호검은 정국에게 맥주만 사 오라고 다시 전화를 한 후 떠오른 레시피대로 요리를 만들기 시작했다.

＊　　　＊　　　＊

30분 후, 정국이 호검의 집에 도착했다.

딩동딩동.

초인종이 울리자 가스레인지 앞에서 콧노래를 부르며 요리를 만들던 호검이 얼른 손을 멈추고 현관으로 뛰어나갔다.

문을 열자 호검의 눈앞에 오른손에 든 봉지를 흔들며 활짝 웃는 정국이 보인다. 호검은 몇 십 년 만에 보는 친구가 너무나 반가워 그를 와락 끌어안았다.

"야, 오정국! 진짜 반갑다!"

"뭐, 뭐야? 왜 그래? 우리 며칠 전에도 봤잖아!"

"그러니까 반갑다고. 며칠 만에 보니까 엄청 반갑네. 하하!"

"자식, 날 엄청 기다렸나 보네? 큭! 근데 냄새 죽이는데?"

"저기 앉아 있어. 거의 다 됐어."

호검은 정국을 끌어안고 있던 손을 놓고 다시 가스레인지 앞으로 갔다.

정국은 맥주 캔이 가득 담긴 봉지를 흔들며 아일랜드 식탁으로 향했다. 그는 가스레인지 앞에서 요리를 만들고 있는 호검의 등이 보이는 위치에 앉으며 말했다.

"너네 아버지가 이건 참 잘해주셨어. 무슨 바(Bar) 같기도 하고, 여기서 먹으면 뭘 먹어도 맛있는 것 같다니까. 에휴, 아부지."

양아버지는 정국에게도 참 잘해주었기에 정국도 그가 그리웠는지 낮게 한숨을 내쉬었다. 호검은 아무 말이 없었다.

정국은 순간 아차 싶었다. 자신이 괜히 양아버지의 이야기를 꺼내 호검의 마음이 무거워진 것 같았기 때문이다. 그는 얼른 화제를 돌려 다른 이야기를 꺼냈다.

"아, 맞다! 근데 오다가 반가운 사람 만났어! 너 수정이 알지?"

"수정이? 누구지?"

지금 정국에게는 10년 정도 된 일이지만 호검에게는 30년 가까이 된 일이기에 수정이가 누구인지 바로 떠오르지 않았다.

"있잖아. 눈 크고, 얼굴 하얗고, 거기다 사과를 좋아해서 '백설공주'라는 별명이 있던 애. 그리고 우리 고아원에서 제일 인기 많았던 애."

"아, 생각난다! 차수정 맞지?"

"응. 지하철역에서 나오는데 누가 내 이름을 부르는 거야. 그래서 돌아봤더니 수정인 거 있지. 난 처음엔 누군가 했거든. 내가 아는 애들 중에 이렇게 예쁜 애가 없는데 말이야. 근데 자기가 수정이라고 막 설명을 하더라고. 그리고 보니까 어릴 때 얼굴이 남아 있더라. 걔가 날 딱 알아봤대. 얼굴도 예쁜데 기억력도 좋은가 봐. 아니, 혹시 날 좋아해서 기억하고 있는 건가? 후후."

정국이 턱을 괴고 앉아서 미소를 지었다. 그러자 호검이 고개를 돌려 정국을 힐끗 보며 말했다.

"야, 넌 중학교 때부터 쭉 이 얼굴이어서 그래. 고아원에 있던 애들이 너 스쳐 지나가기만 해도 대번에 알아볼걸."

"쳇, 그런가? 암튼 걔는 아직도 예쁘더라. 하늘거리는 원피스를 입었는데 여전히 공주 같더라고. 참, 근데 걔가 너에 대해 물어보더라. 널 나랑 같이 다니던 키 작고 귀여운 애로 기억하던데?"

"날? 내가 고아원 나오기 전까진 키가 좀 작긴 했지. 맞다. 걔가 맨날 나보다 키 크다고 막 우겼는데. 사실 내가 조금 더 컸는데 말이야."

"무슨! 내가 보기에도 그땐 수정이가 아주 조금 더 컸어. 넌 진짜 이 아부지 만나서 완전 대박 난 거야. 너 지금 180 그거, 아부지가 만들어준 거라고 해도 과언이 아니다? 맨날 고기 질리도록 먹어서 이렇게 키가 쑥쑥 자란 거 아니냐. 아, 나도 그때 너 따라서 나올 걸 그랬어. 에휴."

그러자 호검이 접시에 완성된 음식을 담으며 말했다.

"야, 너 정도면 됐지."

"내가 너보다 컸는데… 지금은 내가 좀 더 작잖아. 나 이거 고등학교 때 키 그대로야. 나도 보쌈 맨날 먹었으면 한 190은 되지 않았을까? 큭."

"야, 그럼 지금이라도 보쌈 더 먹어볼래? 지금이라도 먹으면 키 더 클지 누가 아냐?"

"아, 아니야. 오늘은 노! 지금 하는 거나 얼른 줘봐. 고소한 냄새에 침 넘어간다."

"간다, 가."

호검이 정국의 앞에 손바닥만 한 동그란 전이 가득 담긴 큰 접시를 내려놓았다. 노릇하게 구워진 전은 가운데 빨간색 소스 종지를 중심으로 마치 꽃잎처럼 담겨 있었다.

"이야, 이거 무슨 꽃잎 같다? 잘도 담았네!"

정국은 얼른 식탁 위에 놓인 젓가락 통에서 젓가락을 꺼내 들었다. 그러고는 냉큼 전 하나를 입으로 가져갔다. 그러자 호검이 다급하게 외쳤다.

"야, 그거 이 소스 없어 먹는 거야!"

호검이 다급하게 외쳤으나 이미 전은 정국의 입속으로 투입된 후였다.

바삭.

기름을 넉넉히 둘러 만들어 겉면이 마치 튀김처럼 바삭했다. 그래서 정국이 입을 우물거릴 때마다 바삭바삭 하는 소리가 들려왔다.

호검은 정국이 어떤 평가를 내릴지 기대하며 그를 쳐다보았다. 정국은 밝은 표정이었으나 고개를 갸웃거렸다.

"맛이… 어때?"

옆에서 정국의 표정을 지켜보던 호검이 슬쩍 물었다. 그러자 정국이 전을 꿀꺽 삼키면서 말했다.

"와! 이거 완전 고소하고 맛있는데?"

"간은 맞아?"

"어, 딱 맞아!"

"다행이다."

호검이 안도의 한숨을 내쉬었다.

사실 돌이 레시피를 알려준다고는 하지만 만드는 방법과 재료만 나왔기에 간은 적당히 호검이 알아서 맞춘 것이다. 그러니까 이 돌을 사용하는 요리사의 능력도 중요한 듯했다.

"되게 바삭한 게 튀김 느낌도 나고, 오독오독 씹히는 맛이 무슨 코코넛 과자 같아. 생긴 것도 그렇고. 근데 코코넛으로도 전을 부치나?"

"아니. 그거 코코넛 아니야."

"그럼 도대체 뭐로 만든 거야?"

정국이 놀라워하며 묻자 호검이 싱긋 웃으며 대답했다.

"그거? 무."

＊　　　＊　　　＊

호검이 만든 무전은 얇게 채 썬 무를 1.5㎝ 정도 길이로 잘게 잘라 밀가루에 버무린 후 동글동글 뭉쳐서 부친 것이었다. 그래서 작은 무 조각이 마치 코코넛 가루처럼 보였다. 이 무로 만든 전이 바로 돌이 알려준 레시피였다. 전이긴 한데 기름을 넉넉히 넣어 좀 더 바삭하게 튀기듯 부쳐낸 것이다.

"뭐? 무? 무가 이런 맛이 난다고? 말도 안 돼!"

"그래? 맛있어? 이 소스에 있는 건더기를 얹어서 먹어봐."

"초고추장이야?"

"아니. 고추장 사과 소스야. 여기 이 건더기가 사과 간 거야."

고추장 사과 소스는 고추장, 식초, 깨소금에 강판에 간 사과를 섞어 만든 것이다.

"전 찍어 먹는 소스에 사과 넣는 건 또 첨 보네."

"그렇지? 뭐, 맛없으면 간장 다시 만들어줄게. 일단 먹어보셔."

정국은 호검의 말에 따라 젓가락으로 소스의 사과 건더기를 건져 무전에 얹었다. 그리고 얼른 입속으로 쏙 집어넣었다. 몇 번 우물우물 씹어보던 정국이 활짝 웃으며 말했다.

"오! 새콤달콤매콤한 소스가 전의 기름진 맛을 딱 잡아주는데?"

"그래? 맛 괜찮아?"

호검이 싱글벙글 웃으며 물었다. 그러자 정국은 엄청나게 맛있는 음식을 먹은 양 호들갑을 떨며 엄지를 척 들어 보였다.

"최고! 괜찮은 정도가 아니라 이거 식감도 좋고 완전 맛있어! 야, 맥주 땡긴다! 이거 빨랑 따자!"

정국은 얼른 자신이 들고 온 비닐봉지에서 맥주 캔 두 개를 꺼내 하나를 맞은편에 앉은 호검에게 건넸다. 둘은 동시에 맥주 캔 뚜껑을 땄다.

"건배!"

둘은 맥주를 한 모금 쭈욱 들이켰다. 그러곤 곧바로 젓가락이 무전으로 향했다. 정국이 열심히 무전을 먹으며 물었다.

"근데 너 이거 어디서 배웠어? 나 이런 무전 처음 보는데, 네가 개발한 거야?"

"으흠, 뭐, 그렇다고 할 수 있지."

호검은 흐뭇한 표정으로 요리사의 돌을 떠올렸다. 이제 돌의 비밀도 알게 되었겠다, 그는 가벼운 마음으로 다양한 요리를 배우면 될 것이다.

그날 밤, 호검은 몇십 년 만에 정국과 무전을 안주 삼아 맥주를 마시며 즐겁게 대화를 나눴다.

*　　　　*　　　　*

다음 날, 호검은 최민석을 찾아가기 위해 먼저 그의 휴대폰으로 전화를 걸었다.

뚜뚜.

'신호는 가는데 안 받으시네.'

몇 번 더 전화를 걸어보았으나 그래도 전화를 받지 않자 호검은 최민석이 총주방장으로 있다는 K호텔을 찾아가기로 했다. K호텔에 가서 최민석 총주방장을 찾으면 될 것이니 이 방법이 더 빨리 그를 만날 수 있을 것이다.

호검은 점심시간이 지나서 K호텔에 도착했다. 호텔에 한 번도 와본 적이 없는 호검은 살짝 긴장된 표정으로 K호텔로 들어섰다. 그는 로비에서 두리번거리다가 뷔페 레스토랑이 지하에 있다는 안내 팻말을 보곤 일단 지하로 내려갔다. 그러고는 가장 처음 눈에 띄는 호텔 직원을 붙들고 물었다.

"저, 혹시 최민석 총주방장님 좀 만날 수 있을까요?"

"최민석 총주방장님이요?"

직원이 고개를 갸웃거렸다.

"네, 저희 아버지 친구분이시거든요."

"그런데… 여기 그런 분 없는데요. 저희 총주방장님은 유성후 셰프님인데……."

"네? 분명히 여기 K호텔 총주방장님 맞는데. 저… 그럼 그런 분 없는지 확인 좀 해주시겠어요?"

"잠시만요."

호검은 당황했다. 분명히 여기가 맞는데 그런 사람이 없다니. 그런데 그때 총지배인이 다가와 호검에게 물었다.

"무슨 일이십니까?"

"아, 제가 사람을 찾아왔는데요. 최민석 셰프님 여기서 근무하지 않으시나요?"

"아! 최민석 총주방장님이요?"

"네! 맞죠? 여기 총주방장님."

"그만두셨어요. 너무 오래 계셨다고… 좀 여유롭게 살고 싶다면서 그만두신 지 한 두 달 되었나?"

"네?"

호검은 순간 낙심해서 표정이 굳었다. 제대로 요리 좀 배워
보려고 호텔 총주방장을 찾아왔는데 그만뒀다고 하니 말이
다.

그러다 문득 다른 음식점의 셰프로 갔을 수도 있고, 혹은
개업을 했을지도 모른다는 생각이 들었다. 그럼 옮긴 곳을 찾
아가서 배우면 될 것이다.

"그럼 어디 다른 음식점으로 가신 건가요? 어디로 가셨는지
알 수 있을까요?"

"음, 다른 음식점으로 가신다고는 안 했는데. 지금은 잠시
쉬고 있지 않을까요? 그만두신 지 두 달밖에 안 되었으니까
요."

"아, 그래요?"

호검은 다시 시무룩해졌다. 그는 총지배인에게 인사를 하고
호텔을 빠져나왔다.

'호텔을 그만두고 뭘 하시는 걸까? 뭘 물어보려고 해도 연
락이 되어야 말이지. 전화번호가 틀렸나? 신호는 가던데……'

이런저런 생각으로 머리가 복잡해진 호검은 터덜터덜 걸어
버스 정류장으로 향했다.

버스 정류장에 거의 다다랐을 때, 호검의 눈앞에서 그가 타

고 가야 할 버스가 휙 지나가 버렸다.

"어, 저 버스 타야 되는데!"

호검은 움찔하며 뛰어가려고 했지만 이미 버스를 잡기엔
늦었다.

"후우."

배차 간격이 30분이나 돼서 버스를 놓쳤으니 30분을 기다
려야 한다. 그는 버스 정류장 의자에 털썩 주저앉았다.

만약 최민석 셰프와 연락이 닿지 않으면 어떻게 해야 할까.
아버지가 아는 요리사가 몇 있는 것 같던데 아버지 수첩을 찾
아보면 있을까. 아니면 그냥 무턱대고 잘되는 음식점에 들어
가서 밑바닥부터 배울까. 아님 어디 학교라도 들어가야 하나?
이 나이에?

고민에 빠진 호검의 안색이 점점 더 어두워졌다.

그가 낙심해서 멍하니 도로를 바라보고 있는데, 뒤쪽에서
여자들의 말소리가 들려왔다.

"여기 K호텔에서 하는 건가 봐. 이 요리 대회 말이야."

호검이 슬쩍 고개를 돌려보니 버스 정류장 벽에 붙어 있는
포스터를 보고 얘기하는 중인 듯했다.

"상금도 꽤 많이 주네? 입상하면 여기 K호텔 뷔페 단기 메
뉴로 들어간대."

"아, 이거 작년에도 했다. 나 작년에 여기서 입상한 메뉴 먹

어봤어. 괜찮더라."

"어? 버스 왔다! 가자!"

그녀들은 버스를 타고 가버렸고, 호검은 얼른 버스 정류장 벽에 붙은 요리 대회 포스터를 확인했다.

'K호텔 요리 대회라……. 대회 당일 제공되는 재료들로 즉석에서 새로운 메뉴를 만들어내야 한다? 오, 이거 식은 죽 먹기잖아. 요리사의 돌만 있으면.'

K호텔 요리 대회의 1, 2, 3등에게는 각각 300만 원, 200만 원, 100만 원의 상금이 주어지고, 입선까지는 K호텔 뷔페 단기 메뉴로 들어간다고 나와 있었다. 상금도 많고 여러 가지로 호검에게는 좋은 기회가 아닐 수 없었다.

요리 대회는 앞으로 2주 후였다.

'요리사의 돌이 알려주는 레시피가 얼마나 괜찮은지 테스트 삼아 이거 한번 나가볼까? 어디 보자. 접수가, 어? 오늘까지잖아!'

접수는 오늘 자정까지 K호텔 홈페이지에서 가능하다고 나와 있었다.

호검이 얼른 집에 가서 접수해야겠다고 생각하고 있는데 갑자기 그의 바지 주머니에서 진동이 느껴졌다.

휴대폰 진동에 움찔한 호검은 얼른 주머니에서 휴대폰을 꺼냈다.

"엇!"

발신번호가 최민석 셰프의 휴대폰 번호다!

호검은 전화가 끊길까 봐 초고속으로 전화를 받았다.

"여보세요."

—여보세요. 전화가 들어와 있기에 연락드렸습니다.

"안녕하세요. 최민석 셰프님 맞으시죠?"

—네, 제가 최민석입니다. 그런데 누구세요?

"저 강철수 씨 아들인데요, 만나 뵙고 싶어서 염치 불고하고 이렇게 연락드렸습니다."

—철수?! 철수 아들이라고? 그럼 강호검? 호검이니?

"아, 제 이름을 기억하세요? 네, 강호검입니다."

—그럼, 기억하다마다.

"제가 셰프님 뵈려고 K호텔에 갔었는데요."

—아, 나 거기 그만뒀어. 내가 위치 문자로 보내줄 테니까 나 만나려면 그리로 오면 돼.

"네, 감사합니다. 저 혹시 지금 찾아봬도 될까요?"

—뭐, 그래. 일단 와봐.

호검은 기분 좋게 전화를 끊었다. 이 전화 한 통화로 그의 고민은 싹 사라졌다. 일단 그를 만나보고 앞으로의 일을 상의하면 될 것 같았다.

잠시 후, 최민석에게서 문자가 왔다. 최민석이 있는 곳의 위치와 찾아오려면 몇 번 버스를 타야 하는지 친절하게 적혀 있었다.

'오, 43번 버스를 타면 되고, 우리 집이랑 완전 반대 방향이구나. 아까 놓친 버스 탔으면 다시 돌아올 뻔했네.'

호검은 아까 버스를 놓친 것도 다 이유가 있었다는 생각이 들었다. 어쩌면 지금 일어나고 있는 모든 일이 그에게 맞춰 일어나고 있는 건 아닐까 하는 생각까지도 들었다.

호검은 신이 나서 얼른 반대편 버스 정류장으로 달려갔다. 그리고 그가 반대편 버스 정류장에 도착하자마자 43번 버스가 그의 앞에 딱 멈춰 섰다.

'오, 이거 봐. 뭔가 내가 세상의 중심이 된 것 같은데? 이렇게 딱딱 맞게 일이 일어난다니까.'

우연인지 아닌지는 몰라도 일단 호검은 느낌이 좋았다. 호검은 경쾌한 발걸음으로 버스에 올랐고, 43번 버스는 목적지를 향해 신나게 달리기 시작했다.

4. 쿠치나투라 요리 학원

민석이 알려준 버스 정류장에서 내린 호검은 걸어가면서 건물들의 간판을 유심히 살폈다.

"2층이랬고, 상호가 쿠치나투라⋯⋯."

호검은 눈을 크게 뜨고 고개를 이리저리 돌리며 '쿠치나투라'라 쓰인 간판을 찾았다. 그러다 그의 시야에 초록과 빨강으로 나누어져 칠해져 있는 '쿠치나투라' 글자를 발견했다.

무슨 음식점을 하는지 궁금해하며 간판이 걸린 건물로 다가가던 호검은 쿠치나투라 글자 아래 검정색으로 쓰인 글자를 발견하고는 깜짝 놀랐다.

"이태리 요리 학원?"

쿠치나투라라는 이름에서 뭔가 이탈리아 냄새가 나긴 했지만, 호검은 이태리 레스토랑인 줄 알았다. 그런데 요리 학원이라니!

호검은 조금 놀랐지만 오히려 잘된 일일 수도 있다고 생각했다. 음식점에 취직해서 어깨너머로 배우려면 시간이 오래 걸릴 수도 있는데, 이렇게 아예 학원이라면 배우기가 더 좋을지도 몰랐다. 게다가 호텔 총주방장을 한 셰프가 가르치는 곳이 아닌가.

호검은 천천히 계단을 올라가기 시작했다. 그는 조심스럽게 2층 유리문을 밀고 안으로 들어갔다.

"계세요?"

안에는 아무도 없었다. 호검이 둘러보니 앞에는 직접 시범을 보여주는 조리대가 따로 놓여 있고, 실습용 조리대는 양쪽 벽면에 세팅되어 있었다. 한가운데에는 테이블과 의자가 놓여 있었다.

호검은 한식 요리사 자격증을 따느라 요리 학원에 다닌 적이 있었다. 하지만 꽤 오래된 일이기도 하고 예전에 다닌 곳은 이곳과 분위기가 전혀 달라서 호검은 신기한 듯 내부를 두리번거렸다.

빈 실습실은 실습용 조리대가 은색의 스테인리스로 제작되

어 엄격한 학원 같은 느낌이 들었다. 하지만 앞쪽 벽 선반에
는 그와 대조적으로 여러 가지 모양의 노란 파스타가 담긴 병
들이 아기자기하게 줄지어 놓여 있어 딱딱한 학원 분위기를
살려주고 있었다.

'와, 이게 면이야, 뭐야? 장식으로 만든 건가?'

호검은 병 가까이 다가가 병 안에 든 노란 파스타들을 신
기한 듯 구경했다. 나비 모양, 펜촉 모양, 귀 모양 등 여러 가지
모양의 파스타가 마치 장난감처럼 병 안에 들어 있었다. 그러
다 그는 병에 담긴 파스타 중에서 익숙한 모양을 발견하고는
더 자세히 보기 위해 병을 집어 들었다.

"오, 이건 조개 같기도 하고, 소라과자 모양 같기도 하
고……."

"콘킬리에예요."

호검이 중얼거리듯 말하는데 갑자기 뒤에서 여자 목소리가
들려와 그는 깜짝 놀라 뒤를 돌아보았다. 그가 돌아보니 호검
과 나이대가 비슷해 보이는 젊은 여자가 스테인리스 바트(vat)를
들고 서 있었다. 그녀는 단정하게 올림머리를 하고 본인 얼굴처
럼 새하얀 요리사복을 입고 있었다.

'예, 예쁘다.'

호검이 잠시 멍하니 그녀를 바라보고 있는데, 그녀가 호검
을 향해 상냥한 미소를 지으며 다시 한 번 말했다.

"콘킬리에라고요. 그 파스타 이름."

호검은 정신을 차리려는 듯 고개를 짧게 휘저었다.

"아, 네, 콘킬……."

"콘. 킬. 리. 에. 그런데 어떻게 오셨어요? 수강하시려고요?"

여자는 친절하게 한 글자씩 또박또박 말해주며 이어 스테인리스 바트를 가운데 테이블에 내려놓고 호검에게 물었다.

"그게 아니라 전 최민석 셰프님을 뵈러 왔습니다. 지금 안 계신가요?"

"아, 원장님은 4층 사무실에 계세요. 올라가 보세요."

"아, 네, 감사합니다."

여자는 살짝 목례를 하더니 스테인리스 바트 안에서 요리 재료가 1인분씩 담긴 컵들을 꺼내 각 실습용 조리대에 나눠 놓기 시작했다.

호검은 2층 실습실 문을 열고 나가면서도 계속 그녀를 뒤돌아보았다. 단정하고 밝은 미소를 가진 아름다운 여자였다. 호검은 그녀를 처음 본 것인데도 왠지 낯이 익었다. 아마도 그녀의 친근한 미소 때문일 것이다.

호검은 최대한 천천히 2층 실습실을 나와 4층 사무실로 올라갔다. 사무실로 들어서자 가장 안쪽 책상에 한 중년 남자가 요리 잡지를 읽고 있다.

'저분인가?'

그때, 문의 정면에 앉아 있던 30대 후반 정도로 보이는 요리사 복장의 남자가 벌떡 일어서더니 퉁명스러운 목소리로 호검에게 물었다.

"무슨 일로 오셨습니까?"

그의 말에 호검이 대답하려는 찰나, 안쪽 책상에 앉아 있던 남자가 보던 잡지를 내려놓고 고개를 빼서 문 쪽을 바라보며 외쳤다.

"오! 호검이 왔구나!"

양아버지의 장례식장에서 한 번 본 적이 있는 최민석이 먼저 호검을 알아본 것이다. 양아버지의 장례를 치른 게 몇 달 전이지만, 실제로 호검에게는 몇십 년 전 일인지라 최민석의 얼굴이 정확히 기억나지 않았다.

"안녕하세요, 셰프님."

"개인적으로 볼 땐 그냥 아저씨라고 불러도 돼. 이리 와서 여기 앉아. 커피 줄까? 아님 녹차?"

"네, 아저씨. 커피 주세요."

최민석이 응접실로 호검을 데려가서 의자를 내어주고는 직접 커피 두 잔을 타 왔다. 그는 한 잔을 호검에게 건네고 호검의 맞은편 자리에 앉으며 말했다.

"에휴, 오대보쌈 소식은 들었어. 아버지도 없는데 너 혼자 힘들었겠구나."

호검은 민석이 건넨 커피가 담긴 종이컵을 만지작거리며 씁쓸한 미소를 지었다.

"이제 그럼 넌 뭐 할 거니? 다시 음식 장사 해야지?"

"음, 이왕 이렇게 된 거 요리를 좀 배워보려고요. 사실 전 거의 보쌈밖에 못하거든요."

"오, 요리! 그래서 날 찾아온 거구나! 마침 잘됐네. 이태리 요리, 이거 배워. 요즘 파스타 전문점 엄청 잘되는 거 알지? 이거 배워서 차리면 진짜 괜찮아."

민석은 이태리 요리를 배우라고 적극 추천했다. 사실 민석의 말대로 요즘 파스타 전문점 대박집이 하나둘씩 늘어가고 있었다. 그럼에도 아직 파스타 전문점이 그리 많지 않았기에 지금 배워서 차려도 괜찮을 것 같았다. 하지만 호검에게는 수강료가 문제였다.

"근데… 수강료가 비싸지 않나요?"

"넌 내가 공짜로 배우게 해줄게."

민석은 고민하지도 않고 호탕하게 말했다.

"네? 아무리 그래도 어떻게 공짜로……."

"괜찮아. 나중에 음식점 차리면 그때 나 가끔 밥이나 먹여 줘. 하하하!"

"그래도……. 아, 제가 여기서 뭐 도울 일은 없을까요?"

그때, 사무실 문을 열고 20대 초반으로 보이는 남자가 들어왔다. 그는 들어오자마자 90도로 인사를 하더니 우렁찬 목소리로 외쳤다.

"안녕하세요? 보조 강사 구하신다고 해서 찾아왔습니다!"

이번에도 역시 문의 정면에 앉아 있던 30대 후반의 셰프가 벌떡 일어나더니 그에게 다가갔다. 호검은 자신이 할 수 있는 일이라면 자신이 하겠다고 하고 싶었지만, 이태리 요리에 대해 아무것도 모르는 그가 보조 강사를 할 수는 없는 노릇이다.

최민석이 자리에서 일어나서 지원자를 힐끔 보더니 30대 후반의 셰프를 불렀다.

"어이, 고 셰프! 이리 와! 나랑 같이 보자고!"

"네!"

고 셰프는 지원자를 응접실로 데려왔다.

"호검아, 잠깐 여기 있어봐. 나 이 친구 면접 좀 보고."

"아, 네."

민석과 고 셰프는 지원자의 맞은편에 나란히 앉았다. 호검은 바로 옆에 조용히 앉아서 그들을 지켜보았다. 고 셰프가 먼저 말문을 열었다.

"이름과 나이가?"

"이름은 김종혁이고요, 나이는 스물네 살입니다."

"이태리 요리에 대한 기본 지식은 좀 있습니까?"

"아, 스파게티와 피자요? 제가 스파게티와 피자를 굉장히 좋아합니다. 요리하는 것도 좋아하고요. 그래서 이 일을 즐겁게 할 수 있을 것 같아서 찾아왔습니다. 아, 그리고 강의를 직접 하는 게 아니라 재료 준비만 하면 된다고 적혀 있던데……."

김종혁이라는 지원자는 거침없이 술술 말을 내뱉었다.

호검은 이름은 보조 강사지만 재료 준비만 하는 것이라는 것에 슬쩍 자신감이 피어올랐다. 재료 준비는 재료를 다듬고 썰고 하는 것이니 호검은 자신 있었다.

"흠, 이태리 요리에서 스파게티는 파스타의 종류 중 하나를 일컫는 말이죠."

"아하하하, 파스타, 파스타 알죠."

"파스타 종류 중에 혹시 이건 뭐라고 하는지 압니까?"

고 셰프가 응접실 선반에 올려놓은 다양한 파스타 면들이 담긴 유리병에서 조개 모양의 파스타를 꺼내 보이며 물었다. 호검은 조개 모양의 파스타를 보고 속으로 외쳤다.

'엇! 콘킬리에다!'

＊　　　＊　　　＊

하지만 김종혁은 콘킬리에를 전혀 모르는 눈치였다. 물론 호검도 오늘 알게 된 이름이다.

"음, 잘 모르겠습니다."

종혁은 당당할 정도로 차분하게 대답했다. 그러자 아무 말 없이 앉아 있던 민석이 드디어 입을 열었다.

"아, 재료 준비만 하는 것이라도 이런 명칭 정도는 알아야 내가 준비하라는 파스타를 준비해 줄 수가 있어요. 채용하기는 어렵겠네요. 미안합니다."

김종혁은 원래 굉장히 밝은 성격인지 별 인상도 쓰지 않고 꾸벅 인사를 하고 사무실을 나갔다. 그가 나가고 나자 민석이 고 셰프를 보고 피식 웃으며 물었다.

"에이, 고 셰프, 좀 더 쉬운 거 물어봐도 몰랐을 텐데 그중 제일 어려운 걸 물어보고 그래? 그렇게 마음에 안 들었어?"

"전 스파게티와 파스타 구분 못 하는 사람이 제일 싫거든요."

고 셰프는 깐깐하고 고지식한 자신만의 확고한 룰이 있는 사람이었다. 그는 여기서 피자 수업을 맡고 있었는데, 부드럽고 자상한 스타일의 최민석 셰프와는 정반대로 딱딱하고 차가운 면이 있었다. 호검이 보기에도 고 셰프는 실습실의 스테인리스 조리대 같은 차가운 사람 같아 보였고 반대로 최민석은 노란 파스타처럼 따뜻한 사람 같았다.

고 셰프가 꺼낸 콘킬리에를 다시 병에 넣으며 중얼거렸다.

"우리 차 강사 같은 사람이 와야 할 텐데……."

민석이 고 셰프의 중얼거림을 들었는지 대꾸했다.

"그러게. 혼자 하니까 좀 힘들다고 해서 하나 더 뽑긴 해야 하는데 말이야. 근데 어차피 차 강사가 잘 아니까 그냥 보조만 할 애로 뽑을까?"

"보조 강사의 보조를 뽑자고요? 그냥 단순 아르바이트생을 뽑아야 하나."

민석과 고 셰프는 잠시 대화를 주고받으며 고민했다.

'아, 아까 그 예쁜 여자가 차 강사구나.'

눈치를 살피며 그들의 대화를 듣고 있던 호검이 조심스럽게 끼어들며 물었다.

"저 콘킬리에는 조개 모양을 본떠서 만든 거죠?"

그러자 고 셰프와 민석이 놀라는 표정으로 호검을 쳐다보았다.

"오, 맞아! 콘킬리에가 이탈리아어로 조개란 뜻이거든. 이거 이름 어떻게 알아? 이태리 요리 좀 배웠어?"

민석이 허허 웃으며 호검에게 물었다. 호검은 일단 아까 차 강사에게 그 이름을 들었다는 것은 잠시 접어두고 얼버무렸다.

"아, 뭐… 저… 근데 그 보조 강사, 제가 하면 안 될까요?"

"으음? 네가 하겠다고?"

고 셰프는 호검이 콘킬리에를 안다는 사실에 일단 호감을 느낀 것 같았다. 고 셰프가 호검을 테스트하려는 듯 다른 파스타를 꺼내려고 하는데 민석이 그를 막았다.

"고 셰프, 얘는 내가 한번 테스트해 볼 테니까 자넨 자네 일 봐."

"아, 네, 그러죠."

고 셰프는 호검에게 눈길을 한 번 주더니 자기 자리로 돌아 갔다. 그러고는 곧 피자 수업이 있는지 사무실을 나갔다.

고 셰프가 나가자 민석이 호검에게 물었다.

"보조 강사 할 수 있겠어? 이태리 요리 좀 알아?"

"솔직히 잘 몰라요. 그렇지만 공부하면서 해보면 안 될까 요? 공짜로 배우는 대신에 일이라도 하고 싶습니다. 참, 저 재 료 손질이랑 칼질은 정말 자신 있어요."

"음, 사실 여긴 학원이라서 빠른 칼질 같은 건 필요하지 않 아. 대신 이탈리아어로 된 재료 이름을 다 알고 있어야 하지. 특히 파스타 면의 이름은 무조건 잘 알고 있어야 해."

"아……."

호검은 시무룩해져서 낮게 탄식했다.

"흠, 근데 차 강사가 다 알고 있으니까……. 그래도 어느 정 도 지식은 있어야 하니까 일단 내가 교재를 줄 테니 기본적인 것들을 공부해 와. 1주일 후에 다시 얘기해 보자고. 그때까지 특별히 뽑을 사람 없으면 내가 고 셰프한테 잘 말해볼게. 근 데 아까 봤지? 고 셰프가 테스트를 해볼 테니 어느 정도는 알고 있어야 해."

"정말요? 감사합니다! 열심히 공부해 올게요!"

호검은 자리에서 벌떡 일어나 연신 고개를 숙여 인사했다. 강사가 되면 더 빨리, 더 단기간에 많은 것을 배울 수 있을 것이다. 민석의 옆에서 모르는 것도 많이 물어볼 수 있고 말이다.

"뭐 꼭 시켜준다는 건 아니고 일단 공부해 오라는 거니까 보조 강사로 일하게 되면 그때 고마워해. 사실 근데 그것도 다 너한테 달려 있어. 열심히 해봐. 어허허. 아, 수업은 다다음 주에 시작하는 2기 수업 들으면 될 거야. 지금은 일단 파스타 클래스랑 피자 클래스가 있거든. 그거 듣고 나면 곧 메인 요리 클래스랑 디저트 클래스도 개설될 예정이야."

민석은 파스타와 피자 교재를 호검에게 건네주었다. 호검은 마치 보물을 얻은 양 교재 두 권을 가슴팍에 꼭 끌어안고 민석에게 허리를 굽혀 인사했다.

"그럼 다음 주에 뵙겠습니다!"

"그래, 잘 가."

민석은 호검을 바라보며 흐뭇하게 미소 지었다. 호검은 들뜬 마음으로 4층 사무실을 나와 계단을 내려왔다. 그러다 그는 3층에서 멈칫했다. 3층은 피자 클래스가 진행되고 있었는데, 고 셰프가 갑자기 고함을 지른 것이다.

"반죽을 이 순서대로 해야 한다니까! 내 말을 뭐로 들었어? 어?"

호검은 3층 실습실 안을 엿보려다가 괜히 엿보는 걸 고 셰 프에게 들키면 좋지 않을 것 같아 그냥 곧장 2층으로 내려왔 다.

"와, 성깔 있네."

중얼거리며 2층의 파스타 실습실로 내려온 호검은 아까 재 료 준비를 하던 차 강사에게 인사나 하고 갈까 싶어 슬쩍 2층 실습실 안을 들여다보았다. 호검은 왠지 그녀가 낯이 익어 다 시 한 번 보려고 한 것이다. 그런데 차 강사는 이미 재료를 각 조리대에 나눠 놓고 가버린 모양이다.

'없네? 아까 사무실에도 안 올라왔는데……'

호검은 학원에 다니게 되면 그녀를 다시 만나게 될 것이라 생각했다. 그는 쿠치나투라를 나와 발걸음을 옮겼다.

양아버지의 친구인 최민석도 만났고 공짜로 이태리 요리도 배울 수 있게 되었다. 게다가 잘하면 보조 강사도 할 수 있을 것이다.

호검은 일이 술술 풀려가는 게 신이 났다. 그는 콧노래를 부르며 집으로 향했다.

호검은 버스를 타고 가려다가 근처에 지하철역이 있다는 안 내 표지판을 보고는 지하철역으로 방향을 틀었다. 아까는 호텔에서 와서 이곳으로 한 번에 오는 버스가 있었지만, 호검의 집으로 가려면 버스를 갈아타야 했다. 하지만 지하철로 가면 갈아타지 않고도 한 번에 갈 수 있었다.

그리고 마침 지하철역도 멀지 않아서 호검은 지하철을 타고 가기로 했다. 그런데 호검은 지하철역으로 들어가는 입구에서 잠시 멈춰 섰다.

'으, 나 지하철을 탈 수 있을까?'

그의 이마에서 식은땀이 흘렀다.

호검은 회귀 전 정신병원에 갇혀 있던 일로 폐소공포증이 생겨 추운 겨울에도 지하철역 안으로 들어가지 않았다. 물론 회귀 전 건너편의 점집으로 갈 때 잠깐 지하철역을 통과한 적은 있지만, 이번엔 아예 답답한 지하철을 타고 이동해야 하는 것이라 호검은 걱정이 되었다. 그는 두 손을 꼭 쥐고 마음을 가다듬었다.

'난 다시 사는 거야. 정신병원에 갇히는 일은 회귀한 지금의 나에게 닥치지 않아. 그래, 그런 일은 없어.'

호검은 앞으로 많은 요리를 배우러 이곳저곳을 다녀야 할 텐데 지하철을 못 타서는 안 된다고 생각했다. 그는 굳게 결심하며 지하철역으로 들어가는 계단에 발을 내디뎠다. 잠시 숨이 가빠지기도 했지만 이 정도는 참을 만했다.

"후우, 별기… 아니네."

호검은 잠시 숨을 고르고 이제 자신의 집으로 가는 방향 개찰구를 찾아보려고 고개를 이리저리 돌렸다. 그러다 지하철역 가운데에 설치된 텔레비전 앞에 많은 사람들이 모여 있는 것을 발견했다.

'뭐지?'

호검은 발뒤꿈치를 들어 텔레비전 화면을 살펴보았다.

"2006 WCC 세계요리월드컵 하이라이트?"

호검은 눈이 휘둥그레져서 텔레비전 앞으로 뛰어갔다. 그는 사람들 틈을 비집고 들어가 텔레비전 바로 앞에 섰다.

'맞아, 이 무렵이었지!'

호검은 식중독 사건과 요리사의 돌, 앞으로의 계획 등을 생각하느라 잠시 WCC 세계요리월드컵을 잊고 있었다. 그사이 프랑스에서 열린 WCC 세계요리월드컵이 끝난 것이다. 그리고 지금 하이라이트 방송을 하고 있었다.

하이라이트 방송에서는 이번 대회에 출전한 한국인 셰프들의 음식을 가장 먼저 보여주었다.

"와! 이선우 셰프다!"

사람들은 이번 대회에 출전한 한국인 셰프 중 스타 셰프인 이선우를 알아보고 반갑게 외쳤다.

5. 능력이라면 능력

　그즈음 음식 관련 방송들이 늘어나는 추세여서 사람들이 요리에 관심을 많이 가지게 되었고, 또한 방송의 영향을 받아 스타 셰프도 하나둘씩 생겨나고 있었다.

　그중 가장 인기가 많은 셰프가 바로 이선우였다. 그는 방송 출연도 많이 하는 데다 실력도, 외모도 출중해서 특히 여성들 사이에서 인기가 높았다.

　이번 WCC 세계요리월드컵에 스타 셰프 이선우가 참가하게 되면서 일반인도 세계요리월드컵에 많은 관심을 가지게 된 듯했다. 사람들은 그의 요리에 관심이 많았고, 이렇게 하이라이트 방송이 나오게 된 것도 그 덕분일 것이다.

호검도 얼핏 그를 텔레비전에서 본 기억이 나는 듯했다.

그의 요리하는 모습이 보이자 사람들은 집중해서 그의 요리를 구경했다.

그가 개인전에서 선보인 주요리는 깻잎을 감싼 돼지고기 안심 스테이크였다. 깻잎에 감싸인 고기의 주변으로 감자 퓨레와 잘게 썬 토마토가 얹어져 플레이팅은 먹기 아까울 정도로 예뻤다.

"이야, 멋지네! 잘 만들었는데 아쉽네!"

"색깔 진짜 예쁘다!"

"저거 무조건 맛있을 것 같아! 깻잎이랑 돼지고기는 환상 궁합이지!"

사람들은 맛있을 것 같다고 난리였다. 호검은 셰프가 이렇게 인기가 많다는 것이 조금 낯설게 느껴졌다. 회귀 전 삶에서는 쫓겨 다니다가 정신병원에 오랫동안 갇혀 있어서 세상이 어떻게 돌아가고 있는지 몰랐기 때문이다.

'요리사가 이렇게 인기 있는 줄 몰랐네? 좋아, 인기와 명성이 곧 힘이니까. 잘됐네, 잘됐어.'

호검에게는 무척이나 잘된 일이었다.

아쉽게도 이선우는 개인전에서 4위에 그쳤다. 심사 위원들의 평가는 꽤 좋은 편이었는데, 깻잎 향이 조금 강해 호불호가 갈린 모양이다. 하지만 이건 지금까지 WCC 세계요리월드컵 개인전에 출전한 한국인 셰프 중에 최고 성적이었다.

WCC 세계요리월드컵은 개인전과 단체전으로 나뉘어 있는데, 둘 중 어느 하나에서도 한국인 셰프가 금메달을 딴 적이 없었다. 지금까지 한국인 셰프의 최고 성적은 단체전에서의 동메달, 그리고 올해 이선우 셰프의 개인전 4위가 최고 성적인 셈이다.

이선우 셰프의 요리가 끝나자 다른 한국인 셰프의 요리도 소개되었고, 이어 금메달, 은메달, 동메달을 딴 셰프들의 음식도 방송되었다. 그리고 각 메달을 딴 셰프들의 인터뷰와 시상식 장면도 이어졌다.

바로 이 WCC 세계요리월드컵 개인전에서 금메달을 따는 것이 호검의 꿈이다.

그는 수상한 요리들이 화면에 나오자 넋을 놓고 보다가 시상식 장면이 나오자 의지를 불태웠다.

'4년 후엔 내가 저 자리에 선다! 반드시!'

4년이라는 시간 동안 그가 얼마나 발전할 수 있을지는 모르겠지만 그는 최선을 다하겠다고 다짐했다.

세계요리월드컵에서는 다양한 국적의 셰프들이 자신이 아는 모든 요리 지식을 총동원해서 새로운 메뉴를 선보여 평가를 받았다. 그러니 다양한 요리를 많이 알면 알수록 도움이 되었다.

앞으로 4년간 그는 한식, 중식, 양식, 일식, 이태리 요리 등 다양한 요리를 두루 섭렵할 것이다.

'일단 이태리 요리를 배우고……'

호검이 이런 생각을 하는데 화면이 바뀌며 낯익은 얼굴이 등장했다. 갑자기 호검의 눈빛이 싸늘해졌다. 등장한 사람이 바로 푸드 칼럼니스트 이용혁이었기 때문이다.

"이번 2006 세계요리월드컵에서 단연 돋보인 셰프는 한국의 이선우 셰프입니다. 그가 선보인 요리는 동서양의 조화라고 할 수 있죠. 이선우 셰프의 깻잎을 감싼 돼지고기 안심 스테이크는 그의 퓨전 레스토랑 효음에서 맛보실 수 있습니다."

아무래도 이선우는 이용혁과 친분이 있는 눈치다. 이용혁은 연신 이선우를 극찬했고, 거기다 이선우의 퓨전 레스토랑까지 홍보해 주고 있었다.

바로 그때, 호검의 옆에 서서 이선우를 동경의 눈빛으로 바라보던 한 여자가 자신의 친구에게 말했다.

"야, 이선우, 집안도 완전 좋은 거 알지? 엄청 부자래. 근데 결혼하면 아내한테 요리는 자기가 다 해주고 손에 물도 안 묻히게 해줄 거라고 그러더라. 완전 자상하지? 집안 좋아, 자상해, 요리도 잘해, 멋있어. 도대체 저 오빠는 뭐 저러니? 누구랑 결혼할지 진짜 부럽다. 안 그래?"

"그러게. 완전 일등 신랑감이다."

그들의 말을 들은 호검은 속으로 이선우 집안이 배후일지도 모른다는 생각이 들었다.

'근데 우리 아버지도 이선우는 모르실 텐데……. 그리고 저렇게 대단한 집안은 우리 같은 보쌈집에 신경도 안 쓸 텐데. 아니겠지. 아닌가? 정신병원에 날 처넣을 정도면 대단한 집안이어야 가능한가?'

호검은 고개를 갸웃거렸다.

'확실한 건 아니지. 이용혁이 아는 사람이 한둘이겠어? 푸드 칼럼니스트인데 저런 유명 셰프는 물론이고 웬만한 유명 음식점 요리사들은 다 알겠지.'

언젠가 호검이 유명 셰프가 되면 이선우를 만나게 될 것이다. 그럼 그때는 자연스럽게 이선우에 대해서도 더 잘 알 수 있을 것이다.

호검은 이선우와의 만남을 생각하다 보니 요리 대회에서 맞붙는 것까지 생각이 미쳤다. 그 바람에 K호텔 앞 버스 정류장에서 본 요리 대회가 번뜩 생각났다.

'맞다! 요리 대회 접수!'

호검은 얼른 지하철을 타고 집으로 향했다. 그는 지하철을 타니 폐소공포증 때문에 식은땀이 났지만 속으로 괜찮다고 수십 번을 되뇌며 집까지 무사히 돌아올 수 있었다.

집에 도착한 호검은 가장 먼저 K호텔 홈페이지에 접속해 요리 대회 신청서를 접수했다. 요리사의 돌이 알려준 레시피가 과연 최고의 레시피가 맞는지 확인도 필요하고, 또 마침 돈도 필요했으므로 이번 K호텔 요리 대회는 호검에게 일석이조의 기회였다.

신청서를 접수한 호검은 간단히 저녁을 해 먹고 침대에 기대앉았다. 그는 이제 민석에게서 받아 온 교재를 훑어보려고 가방에서 파스타 교재를 꺼냈다.

파스타 교재의 가장 첫 부분에는 파스타의 역사와 파스타 면의 종류 등이 사진과 함께 쭉 나와 있었다.

"뭔 파스타 종류가 이렇게 많아? 별 희한한 모양도 다 있네. 이름도 어렵고. 쇼트 파스타, 롱 파스타? 오레키에테, 파르팔레, 루오타?"

보통 파스타의 이름은 그 모양을 이르는 이탈리아어였다. 오레키에테는 이탈리아어로 '작은 귀'라는 뜻인데 모양이 작은 쪽박귀처럼 생겼고, 파르팔레는 이탈리아어로 '나비'라는 뜻인데 나비넥타이 모양이었다. 루오타는 이탈리아어로 '마차 바퀴'라는 뜻인데 모양이 딱 마차 바퀴처럼 생겼다.

"이거 애들이 보면 되게 좋아하면서 먹겠네. 내가 봐도 예쁜데? 근데 파스타를 이 모양으로 다 만들어내려면……."

호검은 파스타 모양이 신기하면서도 재밌어서 교재에 나온 파스타에 대한 설명이 처음 보는 것들임에도 술술 잘 읽혔다.

'아, 이거 재밌으라고 이렇게 파스타를 여러 가지 모양으로 만든 줄 알았는데 이렇게 만들면 매끈하고 긴 면보다 파스타에 소스가 잘 스미는 장점도 있구나. 오, 이탈리아 사람들, 머리 좋네.'

파스타 부분을 지나자 이번엔 이탈리아에서 쓰이는 특이한 식재료와 치즈들을 설명한 파트가 나왔다. 물론 호검이 아는 단어는 거의 없었다.

호검은 일단 처음 보는 식재료 이름들이 많아서 오늘은 대강 재료들 이름만 익히려는 의도로 한번 읽어보기만 하고 내일부터 본격적으로 쓰고 외우기로 했다. 그는 재료들의 특성에 관한 설명은 띄엄띄엄 읽으며 교재를 훑어보았다.

그런데 파스타 교재를 거의 다 보았을 때, 갑자기 오른쪽 머리에 두통이 왔다.

"으으……."

그는 검지와 중지로 관자놀이를 문지르면서 신음을 흘렸다.

'과부하 걸렸나?'

호검은 자신의 머리가 갑자기 모르는 단어들이 쏟아져 들어오자 과부하가 걸린 것이 아닌가 싶어 피자 교재는 내일 보기로 했다.

사실 호검은 공부를 열심히 해본 적이 없었다. 중학생 때 오대보쌈에 들어와서 계속 직접 몸으로 하는 요리를 해왔고, 단순 암기 같은 공부는 거의 하지 않았다.

게다가 그는 회귀한 것이라 실제로는 몇십 년을 책과 담을 쌓고 살아온 것이나 마찬가지였다. 그러니 과부하가 걸릴 만도 했다.

호검은 너무 처음부터 전속력으로 달리다가 아프면 큰일이란 생각에 일찍 잠자리에 들었다.

*   *   *

다음 날 아침.

전날 일찍 잠자리에 들어서 그런지 호검은 개운한 느낌으로 눈을 떴다. 다행히 두통도 사라진 것 같았다.

호검은 어제 저녁을 간단히 먹고 일찍 자서 그런지 일어나자마자 굉장히 허기가 졌다.

'오늘은 아침부터 든든하게 먹어볼까?'

그는 냉장고에서 보쌈용으로 사놓은 삼겹살과 신김치를 꺼냈다. 아침으로 삼겹살 김치찌개를 해 먹을 요량이다.

호검은 냄비에 들기름을 두르고 한입 크기로 자른 보쌈용 삼겹살과 신김치를 넣었다. 이어 그는 가스레인지 불을 켜고 김치와 삼겹살을 함께 볶기 시작했다.

삼겹살과 김치가 지글지글 익어가면서 고소하고 맛있는 냄새가 호검의 코를 자극했다. 삼겹살과 김치가 고루 잘 볶이자 호검은 물을 조금 넉넉히 붓고 다시 한소끔 끓도록 놔뒀다.

호검은 아직 찌개가 완성되지도 않았는데 밥솥을 열어 밥을 미리 펐다. 그는 뜨겁고 매운 김치찌개는 찬밥에 먹어야 제 맛이라고 생각했기에 미리 밥을 퍼놓은 것이다.

그리고 이번엔 계란프라이를 하기 시작했다. 매콤한 김치찌개와 계란프라이는 잘 어울렸다.

호검은 맛의 조화를 중요시했다. 매운 반찬이 있으면 그걸 중화시켜 주는 맵지 않고 부드러운 반찬을 꼭 함께 곁들여 먹었다. 이건 보쌈에서 배운 입맛이기도 했다. 매운 김치와 고소하고 맵지 않은 보쌈 고기가 잘 어울리는 것처럼 말이다.

드디어 김치찌개가 한소끔 끓었고, 호검은 마지막으로 다진마늘과 고춧가루를 넣고 조금 더 끓여 삼겹살 김치찌개를 완성했다.

"이게 얼마 만에 먹어보는 삼합이냐! 찬밥과 계란프라이에 삼겹살 김치찌개! 아, 맛있겠다!"

호검은 군침을 삼키며 식은 밥에 뜨끈한 삼겹살 김치찌개 몇 숟갈을 넣고 슥슥 비빈 후 한 숟갈 크게 떴다. 그러고는 그 위에 계란프라이 조각을 얹어 곧장 입에 집어넣었다.

"으음."

호검은 처음 몇 술은 음미하듯 감탄하며 천천히 맛을 보았으나 이내 점점 먹는 속도를 내어 순식간에 게 눈 감추듯 밥 한 공기를 해치웠다. 그러고는 바로 설거지를 후다닥 하곤 외출 준비를 하기 시작했다.

그는 오늘 대형 마트에서 파스타 식재료를 구경하고 여차하면 재료를 몇 개 사 와서 파스타를 만들어볼 생각이다. 어젯밤에 파스타 교재를 보다 보니 사진이 일부 나와 있긴 했지만, 마트에서 직접 재료를 구경해 보는 것이 좋을 것 같았기 때문이다.

호검은 버스를 타고 한 대형 마트에 도착했다.

그는 카트를 끌고 제일 먼저 파스타 코너로 이동했다. 가장 먼저 그의 눈에 띈 것은 보통 가장 많이 해 먹는 롱 파스타(Long Pasta)인 스파게티니였다. 스파게티니는 스파게티보다 조금 더 가는 면으로 보통 우리가 시중에서 많이 접하는 것이다.

호검은 스파게티니 한 봉지를 집어 카트에 담았다.

'이거 한 봉지면 포모도로랑 카르보나라 둘 다 만들어볼 수 있겠지?'

파스타 교재에 나온 가장 기본적인 토마토파스타 포모도로와 크림파스타인 카르보나라를 만들어보기 위해서다.

파스타 교재의 대부분은 재료에 대한 내용이었고, 맨 뒷부분에 아주 기초적인 이 두 가지 파스타를 만드는 법이 적혀 있었다.

'다른 재료는 이따 사고, 어디 파스타 먼저 둘러볼까?'

호검은 스파게티니 면 위쪽에 진열된 쇼트 파스타들을 휙 둘러보았다. 파스타가 들어 있는 봉지들은 투명해서 안에 파스타의 모양이 다 보였다. 그는 그 모양들을 보면서 기억을 더듬었다.

"이건 무조건 기억나지. 콘킬리에."

그는 그의 바로 앞에 놓인 콘킬리에를 가리키며 중얼거렸다. 그리고 고개를 돌려 그 옆에 놓인 쇼트 파스타(Short Pasta)들의 이름을 쭉 읊기 시작했다.

"이건 루오타, 이건 푸질리, 저건 펜네, 저건 파르팔레… 잉?"

호검은 파스타의 이름이 입에서 술술 나오자 깜짝 놀라 눈이 휘둥그레졌다. 그냥 한번 읽어보기만 했을 뿐 외우려고 한 것은 아니었는데 그의 머릿속에 파스타의 모양을 보자마자 이름이 떠오른 것이다.

'내가 원래 이렇게 암기를 잘했던가? 한 번 본 건 다 기억

하고 그랬나? 아닌데? 오, 그럼 회귀하면서 내가 천재가 된 건가?'

그런데 그때 어젯밤처럼 갑자기 오른쪽 머리가 쿡 쑤셨다. 그는 반사적으로 손을 들어 관자놀이를 문지르려고 했는데, 잠깐 쿡 쑤신 머리는 더 이상 아프지 않았다. 그는 고개를 갸웃거리며 무슨 생각을 하는 듯 눈동자를 굴렸다.

'내가 어릴 적으로 회귀했을 때 머리가 분명 이쪽으로 떨어졌지? 충격을 받아서 머리가 좋아졌나?'

호검은 이런저런 추측을 해보다가 정말 자신의 암기력이 좋아져서 다른 식재료들 이름도 기억나는지 보려고 외국 식재료 코너로 이동했다.

"어디 보자. 헉!"

외국 식재료를 둘러보던 호검은 깜짝 놀랐다. 살라미, 프로슈토, 앤초비, 올리브 등 실제로는 처음 보는 식재료들 이름이 마구 떠오른 것이다. 물론 모르는 식재료도 있었는데, 그건 파스타 교재에 나오지 않은 것들이다.

'와, 나 진짜 천재가 됐나 봐! 대박!'

잠시 황홀한 표정으로 그 자리에 서 있던 호검은 포모도로와 카르보나라를 만들 나머지 재료들을 황급히 카트에 담아 계산대로 갔다.

계산을 마친 호검은 양손 가득 장 본 것들을 들고 근처 서점으로 향했다. 그는 서점에서 책을 펼쳐 보며 자신의 천재적인 암기력을 다시 한 번 확인해 볼 요량이다.

이 천재적인 암기력만 있으면 뭐든 될 수 있다는 생각에 그는 얼른 자신의 능력을 확인해 보고 싶었다.

그는 서점에 들어서자마자 두리번거리며 과학 관련 서적이 있는 곳으로 향했다. 왜냐하면 그가 가장 취약한 부분이 바로 과학이었기 때문이다. 즐비한 과학 서적 중에서 그가 집어든 것은 『우주의 신비』라는 책이었다. 호검은 책의 아무 곳이나 되는대로 펼쳤다.

"스스로 빛을 내지 않는 성운이 주위의 고온 항성으로부터 받은 빛을 반사하여 스스로 빛을 내는 것처럼 보이는 성운을 반사성운이라고 한다."

호검은 다시 책을 덮었다. 그리고 지금 본 내용을 그대로 읊어보았다.

"스스로… 빛을 내는……."

그런데 이번엔 암기가 되지 않았다. 호검은 실망해서 이번엔 인문학 서적 코너로 가서 책의 내용 한 줄을 읽고 그대로 읊으려고 해봤다. 하지만 이번에도 실패였다.

'뭐야? 잠깐씩 기억력이 좋아지는 건가?'

호검은 고민하는 표정을 짓다가 번뜩 무엇이 생각났는지 요리 서적이 놓여 있는 코너로 달려갔다. 그리고 그중에서 〈죽기 전에 꼭 먹어봐야 할 1,000가지 식재료〉라는 책을 집어 들었다.

그는 책의 앞부분에 나온 열 가지 식재료의 사진을 보면서 이름을 확인했다. 그러고는 다시 맨 앞으로 돌아와 사진 밑의 식재료 명을 손으로 가리고 식재료만 보고 이름을 맞혀보았다.

"두리안, 구스베리, 포멜로, 팔라 마니스, 바바코, 퀸스, 스트로베리 구아바, 클레멘타인, 서양 쐐기풀, 훈자 살구. 와!"

호검은 이로써 요리에 관련된 사항이 잘 기억된다는 것을 깨달았다.

'이거만 해도 어디야? 뭐, 어차피 난 요리사가 될 테니까 요리에 관련된 것만 잘 외우면 장땡이지. 좋아, 좋아!'

호검은 기분 좋게 서점을 나와 집으로 돌아왔다. 집으로 돌아오자 벌써 점심시간이 훌쩍 지난 터라 배가 고팠다. 호검은 장을 봐 온 재료로 파스타 교재에 나와 있는 카르보나라 파스타를 만들어 먹기로 했다.

호검은 지금까지 한 번도 파스타를 만들어본 적이 없었다. 그는 보쌈집 아들답게 보쌈 만들기에 능수능란했고, 한식은 꽤 잘 만들 수 있었지만 외국 요리는 접해본 적이 거의 없고 만들어본 적도 없었다.

호검은 일단 파스타 교재에 적힌 레시피대로 차근차근 카르보나라를 만들어보기로 했다. 이 레시피에 적힌 카르보나라는 생크림을 사용한 것이 아니라 달걀노른자와 치즈를 사용하여 만드는 것이었다.

"스파게티니는 끓는 물에 7분. 일단 그럼 물부터 올려야지."

호검은 냄비에 물을 붓고 가스 불을 켰다.

6. 보조 강사

　물이 끓을 때까지 호검은 다른 재료들을 준비했다.

　호검은 먼저 달걀노른자와 물, 후추, 파르미지아노 치즈 가루를 섞어 한쪽에 두었다.

　그리고는 양파 채 썬 것과 잘게 자른 베이컨을 올리브 오일을 두른 팬에 넣고 볶기 시작했다. 어느 정도 볶아지자 그는 화이트와인을 조금 부어 알코올을 날려주고 일단 가스 불을 꺼두었다.

　'근데 나 맞게 하고 있는 거지?'

　호검은 이 모든 과정을 처음 해보는 것이라 움직임이 조금

서툴렀다.

물이 끓자 호검은 스파게티니를 넣고 7분 후 면을 건져 곧바로 베이컨과 양파를 볶아놓은 팬에 투하했다. 그는 다시 가스 불을 켜고 면과 베이컨, 양파를 골고루 잘 섞은 후 소금과 후추로 간을 했다.

마지막으로 아주 약한 불에서 아까 만들어둔 달걀노른자 등을 섞은 것을 팬에 붓고 잘 저어준 후 접시에 담아 파슬리 가루와 파르미지아노 치즈 가루를 뿌려 카르보나라를 완성했다.

"오, 대충 색깔은 그럴듯해 보이네. 이태리 냄새가 나네, 나."

그는 접시를 코에 대고 냄새를 음미했다. 화이트와인을 넣어서 그런지 와인 향도 조금 나고 치즈 향도 나서 외국 요리의 느낌이 물씬 풍겼다.

그는 얼른 젓가락을 가져와서 카르보나라를 한 젓가락 집어 들었다. 침을 한번 꿀꺽 삼킨 호검은 면을 입에 넣었다.

후르륵.

잠시 입을 오물거리며 맛을 음미하던 호검은 일단 입안의 면을 모두 꿀꺽 삼켰다. 씹히는 맛이 좋은 면에 치즈가 부드럽고 고소한 소스를 딱 붙어 있게 만들어서 첫술은 맛이 괜찮았다. 워낙 배가 고픈 탓인지도 모르겠지만.

'아, 카르보나라가 이런 맛이구나. 근데 다 이런 맛인가? 뭐

먹어봤어야 알지. 음, 근데 좀 짠 것 같네? 치즈를 좀 많이 넣었나? 아님 소금 간을 너무 세게 했나?'

아무래도 처음 만들어보는 파스타 요리라서 간을 맞추는 감이 없어서인 것 같았다. 그래도 이 정도면 좀 짜지만 먹을 만했기에 그는 카르보나라를 계속 먹기 시작했다.

몇 입 후루룩거리며 마치 하얀 자장면을 먹듯 먹던 호검은 갑자기 물 컵을 들었다. 물을 꿀꺽꿀꺽 마시면서 동시에 자리에서 벌떡 일어나 곧장 냉장고로 향했다.

식탁으로 다시 돌아온 호검의 손에 들린 것은 바로 김치.

'한국인은 김치지. 좀 느끼하긴 하네. 익숙한 맛이 아니라서 그런가?'

호검은 처음으로 먹어보는 파스타라서 그런지 먹다 보니 느끼해 김치를 가져온 것이다.

서로 어울리는 맛은 아니었지만 파스타의 느끼한 맛을 잡는 데는 김치가 최고였다. 호검은 김치 덕분에 처음 먹는 조금은 느끼하고 짠 파스타를 무사히 다 먹을 수 있었다.

호검은 이 카르보나라를 만들어보면서 깨달았다. 맛있다는 파스타 집을 찾아서 파스타의 맛을 좀 익혀놓아야겠다고 말이다. 고기도 씹어본 사람이 맛을 안다고, 음식도 먹어본 사람이 잘 만들 수 있을 것이다.

그날 이후로 일주일 동안 호검은 파스타와 피자 교재를 반복해서 읽었다. 물론 그는 한 번만 보아도 교재의 내용이 모두 기억났다. 하지만 아직 자신의 천재적인 암기력에 적응을 못 한 탓인지 갑자기 기억이 안 날까 봐 불안한 마음이 들었기에 교재를 여러 번 읽어보았다.

그는 틈틈이 파스타 집들을 돌아다니며 맛 탐방을 했다. 토마토파스타와 크림파스타, 리조또 등을 여러 번 먹어보니 조금씩 파스타의 맛을 알게 된 것 같기도 했다.

드디어 호검이 다시 쿠치나투라 요리 학원에 가는 날이 되었다. 호검은 일찍 일어나서 샤워를 하고 수건으로 머리를 털며 화장대 앞에 섰다. 그는 머리를 대충 다 털고 화장대 위에 놓인 스킨을 집어 들어 왼손 손바닥에 툭툭 쳤다.

'어? 벌써 다 썼네?'

스킨이 나오지 않자 호검은 스킨 병을 다시 내려놓고 화장대 서랍을 열어 다른 스킨이 있는지 찾아보았다.

마침 첫 번째 서랍에 샘플용 스킨이 하나 있었다.

'다행이군.'

호검이 스킨을 꺼내는데 그 옆에 있는 요리사의 돌이 눈에 들어왔다. 순간 호검은 요리사의 돌이 반짝 하고 빛난 것 같은 느낌을 받았다. 그의 착각이었는지는 모르겠지만. 그리고 그의 머릿속에 이런 생각이 스쳤다.

'요리사의 돌을 가져갈까? 필요할 일이 있으려나? 설마……'

살짝 고민하던 호검은 이론 테스트이기에 돌은 필요할 것 같지 않아 그냥 스킨만 꺼내고 서랍을 닫았다.

잠시 후, 외출 준비를 모두 마친 호검은 가방을 메고 집을 나섰다.

그는 교재의 내용을 다 외웠기 때문에 보조 강사가 될 수도 있다는 희망에 부풀어 학원에 도착했다.

호검은 빠른 발걸음으로 곧장 4층 사무실로 올라갔다.

"안녕하세요!"

그는 사무실에 들어서자마자 곧바로 90도로 인사를 했다.

"어, 어, 호검이 왔구나."

안쪽 책상에서 최민석이 벌떡 일어나며 반갑게 그를 맞았다. 호검은 민석에게 다시 한 번 목례를 하고 이번엔 고 셰프 쪽을 힐끗 쳐다보았다. 고 셰프도 자리에서 일어서 있었는데, 그의 곁에는 20대 중반으로 보이는 한 남자가 함께 서 있었다.

'누구지?'

호검은 그 남자가 궁금했지만 우선 고 셰프에게도 목례를 했다.

"호검아, 이리 와봐."

민석이 얼른 호검을 손짓해서 불렀다. 호검이 민석에게 다가가자, 민석이 고 셰프의 눈치를 슥 보더니 속삭이듯 호검에게 물었다.

"공부 많이 해 왔어?"

"네, 뭐… 거의 다 외운 것 같아요."

"오, 그래?"

공부를 잘 해왔다는 호검의 말에 민석이 뭔가 안도한 표정으로 말을 이었다.

"저기 저 고 셰프 옆에 있는 학생 있지? 저 학생, 고 셰프가 아는 친구인가 봐. 저 학생도 보조 강사를 하겠다고 왔어."

"네?"

순간 호검의 얼굴이 굳었다.

"그, 그럼 어떻게……?"

호검이 어떻게 둘 중에 보조 강사를 뽑을 것인지 민석에게 묻자 민석이 말했다.

"흠, 원래는 나랑 고 셰프가 질문하는데 이번엔 사심이 들어갈 수도 있잖아? 그래서 차 강사에게 직접 보조 강사를 해보고 필요한 지식 중에 질문 몇 개 만들어 오라고 했어."

"아, 네."

"뭐, 보조 강사 안 해도 공짜로 학원 다닐 수 있잖아? 만약에 안 돼도 너무 실망하지 마. 학원에서 수업만 받아도 실력 많이 늘 거야."

민석이 호검의 어깨를 토닥이며 말했다.

호검은 실망한 표정과 불안한 마음을 감출 수 없었다. 저렇게 깐깐한 고 셰프가 데려온 사람이라면 분명히 이론에 강할 것이다.

'아, 보조 강사 꼭 하고 싶은데……'

호검이 슬쩍 고 셰프 쪽을 바라보니 고 셰프와 그가 데려온 남자는 밝게 웃으며 가벼운 일상 대화를 나누고 있는 듯했다.

'여유가 있네. 후우.'

호검이 초조하게 민석의 옆에 앉아 있는데 사무실 문을 열고 드디어 차 강사가 모습을 드러냈다. 호검과 고 셰프가 데려온 다른 지원자가 동시에 자리에서 일어났다.

"안녕하세요."

차 강사가 먼저 상냥한 얼굴로 두 지원자를 번갈아 보며 인사했다. 그리고 이어 자신을 소개했다.

"저는 보조 강사 차수정입니다. 저도 그냥 보조 강사일 뿐인데 이렇게 테스트를 맡게 되어 좀 민망하네요."

호검은 그녀의 이름을 듣고 머릿속이 새하얘졌다. 마치 그녀의 새하얀 얼굴처럼.

'백설공주 차수정?'

차수정. 눈이 크고 새하얀 피부에 사과를 좋아해서 백설공주라는 별명을 가진 고아원 시절 호검의 친구.

눈이 휘둥그레진 호검이 그녀를 뚫어져라 바라보았다.

'아, 그래서 익숙한 느낌이 들었구나! 맞네. 그 얼굴 남아 있네.'

그때, 고 셰프가 먼저 수정에게 그가 데려온 지원자를 소개했다.

"아, 이쪽은 박명진이야. 나이는 스물일곱 살. 내가 좀 가르쳤었지."

소개를 들은 수정이 명진에게 미소를 띠며 살며시 목례를 했다. 박명진도 함박웃음을 지으며 그녀에게 인사를 건넸다.

"안녕하세요, 차 강사님. 미인이시네요."

"아, 감사합니다."

수정은 명진의 칭찬에 역시 미소로 화답했고, 이번엔 민석이 수정에게 호검을 소개했다.

"음, 이쪽은 호검. 강호검. 내 친구 아들이야. 이태리 요리에 관심이 많아."

"네? 이름이……?"

호검의 이름을 들은 수정이 자신의 귀를 의심하는 듯 고개를 갸웃거리며 되물었다.

"아, 이름이 좀 특이하지? 허허, 굉장히 남자다운 이름이야. 그치? 강호검. 아! 이름에 '검' 자가 들어가서 그런가? 칼질을 아주 잘해, 얘가."

"강호검?"

그의 이름을 다시 들은 수정의 표정이 묘해졌다. 호검은 자신을 알아보는 것인지 알 수 없어서 수정의 눈치를 슬쩍 보다가 그녀와 눈이 딱 마주쳤다.

*   *   *

"호검이……."

수정이 호검의 이름을 들릴 듯 말 듯 중얼대더니 이내 웃으며 인사했다.

"안녕하세요. 아, 저번에 파스타 실습실에서 뵈었죠? 그분 맞으시죠?"

"네, 맞습니다. 안녕하세요."

호검은 수정이 자신을 알아보지 않을까 내심 기대하며 수정을 힐끗힐끗 보고 있었다. 하지만 수정은 인사 외의 다른 이야기는 하지 않았고 대신 민석이 입을 열었다.

"지금 파스타 실습실 비어 있지? 거기 가서 한번 보자고."

"자, 내려갑시다."

민석과 고 셰프가 앞장을 서고 그 뒤를 수정, 명진, 호검이 따라갔다. 파스타 실습실에 들어서자 가장 먼저 그들의 눈에 띈 것은 가운데 테이블 위에 놓인 두 개의 스테인리스 바트였다. 두 개의 스테인리스 바트 안에는 똑같은 식재료가 담겨 있었다. 수정이 명진과 호검에게 바트를 각각 하나씩 넘겨주며 말했다.

"자, 두 분이 등을 맞대고 서주세요."

수정의 말에 명진과 호검이 여러 가지 식재료가 든 스테인리스 바트를 들고 서로 등을 맞대고 섰다.

"이제 제가 재료 이름을 보여 드리면 그 식재료를 스테인리스 바트 안에서 찾아서 들어 보이시면 됩니다."

민석과 고 셰프는 테이블 앞에 앉아서 그들을 지켜보고 있었다.

수정이 들고 온 파일에서 종이 두 장을 꺼냈다. 호검은 긴장한 듯 침을 꿀꺽 삼켰다. 두 장의 종이에는 같은 재료 이름들이 쓰여 있었고, 수정이 종이를 들어 명진과 호검에게 각각 보여주었다.

"여기 위에서부터 순서대로 들어주세요."

호검의 눈앞에 보인 종이에 쓰인 재료는 총 다섯 가지였다.

1. Cipolina
2. Uova
3. Prezzemolo rametto
4. Cozze
5. Pancetta

'오! 다 아는 거야!'

호검은 단어들을 보자마자 차례대로 식재료들을 들어 보이기 시작했다. 가장 먼저 양파를, 다음은 달걀, 이태리 파슬리, 홍합, 베이컨을 차례로 들어 올려 보였다.

'저 사람도 다 맞혔겠지?'

호검이 자신과 등을 맞대고 있는 명진도 다 맞혔으리라 예상하고 있는데, 이윽고 수정이 입을 열었다.

"흠, 두 분 다 잘하셨어요. 이제 바트는 여기 테이블에 놓아두고 자리에 앉으세요. 그럼 다음으로 몇 가지 기본 질문을 할게요. 셰프님들 보조를 하다 보면 수강생분들이 보조 강사에게도 질문을 하거든요. 그럼 첫 번째 질문 시작할게요. 호검 씨, 파스타는 어느 정도로 삶아야 할까요?"

호검이 수정의 물음에 얼른 입을 열었다.

"알덴테(Aldente) 정도로 삶아야 합니다. 보통 파스타를 삶을 때 그 봉지 겉면에 몇 분 삶으라고 나와 있는데, 그 시간대로 삶으면 알덴테 상태가 됩니다."

"그렇지. 호검이 많이 아네!"

의외로 호검이 많은 것을 알고 있자 민석이 기분이 좋아 살짝 호들갑을 떨었다. 민석의 추임새에 수정이 슬쩍 미소를 지으며 이번엔 명진에게 물었다.

"네, 맞습니다. 그럼 명진 씨, 알덴테(Aldente)의 뜻은 무엇이죠?"

명진도 호검에게 질세라 속사포로 대답했다.

"알덴테는 영어로 'To the teeth'로, 씹는 맛이 살아 있도록 면을 삶으라는 말입니다. 이탈리아에서는 보통 이렇게 알덴테로 면을 익히는 것이 일반적인 조리법으로 되어 있습니다."

명진은 알덴테의 뜻뿐만 아니라 자신이 알고 있는 내용도 추가해서 말했고, 그런 명진을 고 셰프는 팔짱을 낀 채 만족스럽게 쳐다보고 있었다.

"아, 두 분 다 너무 잘 알고 계시네요. 그럼 이번엔 파스타의 이름을 맞혀보세요."

수정은 이렇게 말하면서 파스타 실습실 앞쪽에 진열된 병들로 다가갔다. 일전에 호검이 여기 쿠치나투라 요리 학원에 왔다가 구경한, 각각 다른 모양의 쇼트 파스타들이 담겨 있는 병이다.

수정은 그중에 여러 가지 파스타가 섞여 있는 병 하나를 집어 들더니 뚜껑을 열어 자신의 손바닥에 파스타 몇 개를 쏟아부었다. 그러고는 그 파스타들을 가지고 호검과 명진의 앞으로 다시 돌아왔다.

"자, 여기 쇼트 파스타들 이름이 뭘까요?"

수정의 물음에 호검과 명진이 수정의 손바닥 위에 놓인 쇼트 파스타들을 보며 하나씩 이름을 읊기 시작했다.

"이 나사 모양은 푸질리(Fusilli), 파이프 모양은 파이프리가테(Pipe rigate), 그리고 이건……."

호검이 얼른 이름들을 말하자 명진도 중간에 끼어들어 말했다.

"이 작은 별 모양은 스텔레테(Stellette), 이 원통형 모양은 리가토니(Rigatoni)입니다."

"다 맞히셨네요. 이탈리아에는 따로 이 파스타의 모양을 디자인하는 직업도 있다죠? 전문 디자이너들이 계속해서 새로운 파스타 모양을 개발한대요. 그런데 단순히 보기에 좋으라고 이렇게 다양한 모양의 파스타를 만드는 걸까요?"

"파스타는 생긴 모양에 따라 소스와 잘 결합하고 안 하고의 차이가 커서 파인 홈 하나하나도 다 이유가 있는 것이라고 들었습니다."

"또한 식감, 혹은 촉감이 다르기 때문에 이렇게 다양한 모양을 개발하는 것이겠지요."

"오, 잘 아시는군요! 두 분 다 이 정도면 보조 강사 하실 수 있겠는데요? 저 처음에 여기 보조 강사로 들어왔을 때보다 아는 게 많으신 것 같아요. 호호! 그럼 이제 이론 말고 실제 테스트를 시작하겠습니다. 실은 이론 테스트만 준비하려다가 이런 경우가 생길까 봐 실전 테스트도 살짝 준비를 해 두었거든요. 그러길 정말 잘했네요. 두 분 실력이 워낙 막상

막하시라……."

수정의 칭찬에 명진과 호검은 의기양양한 미소를 지어 보였다. 그리고 명진은 일부러 수정에게 어필하려는 듯 느끼하게 말했다.

"과찬이세요. 차 강사님은 얼굴도 예쁘시고 일도 잘하신다고 들었어요. 차 강사님이랑 함께 일하면 정말 좋겠어요."

"아, 감사합니다."

명진은 은근히 수정이 마음에 드는 듯 그녀에게 티를 내고 있었다.

'작업 거는 거야, 뭐야?'

호검은 살짝 못마땅한 표정을 지었다. 그도 뭔가 말을 해야 할까 싶었지만, 보조 강사가 된 다음에 해도 늦지 않을 거라고 생각하고 일단 테스트에 집중하기로 했다.

"실전 테스트는 감자 뇨끼(Gnocchi)를 만드는 거예요."

뇨끼는 우리나라의 수제비 같은 것으로, 반죽을 경단 모양으로 만들어서 파스타처럼 소스에 버무려 먹는 것이다.

"뇨끼요?"

명진은 조금 당황한 듯 보였다. 보아하니 그는 원래 알고 있던 파스타에 관련한 지식이 꽤 있었고, 따로 이 학원의 교재는 보지 않은 듯한 눈치다.

'아, 감자 뇨끼! 교재 36페이지에 나와 있는 거지!'

다행히 호검은 바로 어제 뇨끼를 만들어본 참이다. 그는 감자를 좋아하는 편이었기에 감자 뇨끼를 보고 맛이 어떨까 궁금해서 직접 만들어 먹어보았다.

'만들어보길 잘했네!'

아무리 호검의 기억력이 뛰어나더라도 그저 눈으로만 본 레시피와 직접 만들어본 것은 천지 차이다.

수정은 호검과 명진에게 각각 감자 뇨끼를 만들 재료가 담긴 스테인리스 바트를 주었고, 호검과 명진은 긴장된 표정으로 가스레인지 앞에 섰다.

"시간 관계상 감자는 삶은 것으로 준비해 드렸어요. 이제 시작할까요? 아, 두 분 셰프님은 여기 두 분이 만드는 과정에 별문제가 없는지 좀 봐주세요."

안 그래도 두 셰프는 궁금해서 자리에서 슬금슬금 일어나고 있는 참이었다. 두 셰프는 두 지원자 곁으로 다가가 섰다.

그런데 그때 명진이 갑자기 오른팔을 살짝 들어 올렸다. 차 강사가 그가 손을 든 것을 보고 눈길을 주자 명진이 입을 열었다.

"저, 화장실 좀 다녀와도 될까요?"

"네, 그럼 다녀오신 다음 함께 테스트를 시작하도록 하죠."

잠시 후 명진이 돌아왔고, 호검과 명진은 본격적으로 감자 뇨끼를 만들기 시작했다. 호검은 삶은 감자의 껍질을 조심스럽게 벗긴 후 체에 으깼다. 그리고 믹싱 볼에 다진 감자, 달걀 노른자, 밀가루, 적당량의 소금과 후추를 넣어 반죽을 만들었다.

호검은 파스타를 먹으러 다니기도 하고 집에서도 몇 번 해 먹어봐서 지금은 꽤 파스타 간을 잘 맞출 수 있었다. 물론 이건 파스타는 아니지만 그와 비슷한 것이다. 어제 한번 만들어 보았겠다, 간 맞추기도 꽤 감이 오는 상황이라 호검의 몸놀림에는 거침이 없고 자신감이 묻어났다.

명진은 조금 버벅대는 듯했지만, 그래도 아직까지는 잘 만들어 나가고 있었다.

반죽이 완성되자 호검은 반죽을 동그란 경단처럼 모양을 만든 후 포크로 모양을 찍었다. 그리고 곧장 소금 간을 한 끓는 물에 넣었다.

조금 지나자 뇨끼들이 다 익었다는 신호로 물 위로 떠올랐고, 호검은 뇨끼를 건져냈다. 그리고 부드러운 크림소스와 버무려 감자 뇨끼 요리를 완성했다.

5분 정도 지나자 명진도 뇨끼 요리를 완성해 접시에 담아 테이블로 왔다. 드디어 이제 시식만 남았다. 아무래도 이 요리의 평가로 보조 강사가 누가 될지 결정이 날 모양이다.

'아, 제발!'

호검은 손에 땀이 나는지 두 주먹을 꽉 쥐었다.

*　　　　*　　　　*

"두 분이 드시고 평가해 주시는 게 좋을 듯합니다."

수정이 판단을 고 셰프와 민석에게 넘겼다. 그러자 둘은 각자 자신의 앞에 놓인 포크를 들고 명진과 호겸의 요리를 시식하기 시작했다.

두 셰프는 먼저 명진의 뇨끼를 포크로 찍어 입에 넣었다. 고 셰프가 명진의 뇨끼를 입에 넣고 맛을 음미하더니 입을 열었다.

"음, 부드럽네. 소스와도 잘 어우러졌고. 그렇죠?"

고 셰프가 민석에게 동조를 구하며 물었다. 고 셰프의 말에 명진은 안도의 한숨을 낮게 내뱉었고, 민석은 입속의 뇨끼를 꿀꺽 삼키고 말했다.

"그러네. 부드러워. 그런데……."

민석이 살짝 뜸을 들이며 말끝을 흐리자, 명진이 긴장한 듯 숨을 멈추고 민석을 쳐다보았다.

"쫀득한 맛은 좀 없네. 밀가루가 약간 적은 것 같아."

"음, 그런가?"

고 셰프는 대충 말을 얼버무렸고, 명진은 얼굴이 굳어졌다.

이제 호겸의 뇨끼를 시식할 차례가 되었다. 두 셰프는 물로 입을 헹구고 호검의 뇨끼를 하나씩 입에 넣었다.

"으음, 뭐, 맛있네요. 명진의 뇨끼가 부드럽다면 이 뇨끼는 쫀득한 쪽에 가깝군요."

고 셰프는 차마 거짓말은 못하겠는지 약간 못마땅한 표정으로 시식 평을 했다. 반면 민석은 감탄하면서 호검에게 말했다.

"오, 이건 부드러우면서도 쫀득하고 쫀득하면서도 부드러운, 그 균형이 아주 잘 맞는 반죽이야. 맛있어."

호검은 좋은 평가에 입꼬리가 저절로 올라가려는 것을 겨우 참고 있었고, 명진은 표정이 일그러지는 것을 참고 있었다.

감자 뇨끼의 반죽 레시피는 보통 감자 한 개에 밀가루 100g, 이런 식으로 표기되어 있는데 감자의 크기가 다 다르기 때문에 밀가루는 반죽하면서 각자 알아서 가감해야 한다.

호검은 바로 어제 반죽의 느낌을 손으로 직접 익히면서 감자 뇨끼를 만들어보았기에 어느 정도 밀가루를 넣어야 하는지 감이 잡혔다. 그러니 이렇게 맛있는 뇨끼를 만들 수 있었던 것이다.

역시 감자 뇨끼 만들기 대결은 호검의 승리였다.

'와, 드디어 내가 보조 강사가 되는 거야?'

호검이 수정의 입에서 자신이 보조 강사로 뽑혔다는 말이

나오길 기대하고 있는데, 못마땅한 표정의 고 셰프가 민석에게 대뜸 물었다.

"원장님, 보조 강사도 원장님과 함께 새로운 레시피를 만들지 않습니까?"

"그렇지."

"그럼 지금 즉흥적으로 새로운 파스타 레시피를 하나씩 만들어보라고 하는 건 어떨까요?"

"음, 그건 좀……."

민석은 슬쩍 호검의 눈치를 보았다. 민석은 호검에게 할 수 있느냐고 눈빛으로 묻고 있었다. 그런데 명진이 자신에게 한 번의 기회가 더 있을 것 같아 보이자 얼른 대답했다.

"전 해보겠습니다."

명진이 해보겠다는데 호검이 안 한다고 할 수는 없는 노릇이다. 민석이 난감한 표정으로 호검에게 물었다. 사실 물어보나 마나 이미 명진이 하겠다고 한 이상 답은 하나였다.

"할 수… 있어?"

"해야죠. 하겠습니다."

호검이 담담하게 대답했다.

사실 호검은 조금 걱정이 되었다. 그가 일주일 동안 여러 파스타 집을 다니면서 먹어본 파스타는 많았지만, 직접 실습으로 만들어본 파스타는 생크림을 이용한 크림소스파스타 하나, 토마토소스파스타 하나, 올리브 오일이 소스의 베이스가 되는 알리오올리오파스타 하나였기 때문이다.

하지만 이 세 가지가 파스타의 기본 소스이기 때문에 기본은 다 아는 셈이기도 했다.

명진과 호검이 새로운 제안을 받아들이자 수정이 고 셰프에게 물었다.

"그럼 테스트는 어떻게 진행하실 건가요?"

"각자 레시피 생각할 시간을 30분씩 주고, 참, 우리 냉장고에 웬만한 재료는 다 있지?"

"네, 아마도요. 없는 재료라면 근처 마트에서 제가 구해 올 수도 있어요. 아주 특이한 재료만 아니라면요."

"그래, 그럼 각자의 레시피로 파스타를 만들어서 우리가 시식하는 거지. 이번엔 차 강사까지 아예 셋이서 평가해 보자고. 각자 더 맛있고 새로운 파스타를 하나씩 선택하는 거야. 원장님도 동의하시죠?"

고 셰프가 수정에게 설명을 마치곤 민석을 돌아보며 물었다. 민석은 마지못해 고개를 끄덕였다. 하지만 보조 강사와 새로운 레시피를 상의해서 만들어내는 것도 사실이고, 가끔은 보조 강사가 오롯이 만들어내기도 하기에 이 테스트는 꽤 타당해 보였다.

"먼저 수업 시간에 수강생들이 함께 만들기에 너무 어렵지 않아야 하고, 만드는 시간은 30분 이내, 그리고 모든 재료가 조화로우면서도 맛이 있어야 하고, 또 새로운 레시피여야 합니다. 자, 그럼 레시피부터 생각해 보세요."

"그럼 우린 두 사람이 집중할 수 있게 30분간 사무실에 가 있을까요, 원장님?"

고 셰프는 자신의 의도대로 되어 만족스러운 듯 옅은 미소를 띠며 민석에게 말했다.

"뭐, 그게 좋겠네. 차 강사, 우리는 올라가 있자고."

민석은 곧 고 셰프와 수정을 데리고 파스타 실습실을 나갔다. 파스타 실습실에는 이제 명진과 호검 두 사람만 남게 되었다.

둘은 서로 경계하는 눈빛을 교환하고는 곧바로 실습실의 가운데에 놓인 테이블에 마주 보고 앉았다. 차 강사가 메모하는 데 쓰라고 주고 간 A4용지와 볼펜이 각자의 앞에 놓여 있다.

호검은 천천히 오른손을 들어 볼펜을 쥐고 왼손은 바지 주머니에 넣었다. 그리고 그의 왼손은 바지 주머니 속의 무언가를 꼬옥 쥐었다.

그건 바로 요리사의 돌이었다.

'와, 왠지 가져오고 싶더라니.'

그는 요리사의 돌이 그다지 필요한 일이 없을 것 같아 그냥 집을 나섰지만, 한 10미터쯤 가다가 뭔가 찜찜한 마음에 다시 집으로 되돌아가 요리사의 돌을 가져왔다.

명진은 생각해 둔 레시피가 있는지 곧바로 레시피를 메모하기 시작했다. 그는 호검에게 보이지 않으려는 듯 살짝 몸을 돌린 채 빠른 손놀림으로 레시피를 적어나갔다.

'뭐야? 고 셰프님이 새로운 레시피 짜 오라고 미리 언질을 줬나?'

호검은 조금 찜찜한 마음이 들었지만 자신에게는 요리사의 돌이 있으니 별 걱정은 없었다.

'어디 그럼 새로운 파스타 레시피를 생각해 보자!'

호검은 집중하기 위해 미간을 살짝 찡그리며 눈을 감았다. 그리고 몇 초 후 눈을 번쩍 뜨고는 재빨리 떠오른 레시피를 적기 시작했다.

30분이 지나자 민석과 수정, 그리고 고 셰프가 파스타 실습실로 다시 내려왔다.

"자, 다 됐습니까?"

파스타 실습실로 들어온 고 셰프가 꽤 밝은 표정으로 두 손을 비비며 물었다.

"네!"

"네!"

명진과 호검은 자리에서 일어나며 동시에 대답했다. 둘 다 자신만만한 표정이다.

수정은 둘에게 다가와 필요한 재료가 있는지 물었고, 다행히 둘의 레시피에 나온 재료가 모두 학원 냉장고에 들어 있는 것들이어서 그녀는 재빨리 재료를 가져다주었다.

민석과 수정, 고 셰프는 기대감에 찬 얼굴로 테이블에 앉아 둘의 새로운 파스타 요리가 나오길 기다렸다. 그리고 잠시 후 명진과 호검의 파스타가 테이블에 놓였다.

먼저 명진의 파스타는 푸질리를 이용한 오일파스타였다. 명진이 자신이 만든 파스타에 대해 설명을 시작했다.

"훈제연어 샐러드 파스타입니다. 차갑게 샐러드처럼 먹는 파스타로, 올리브 오일 베이스의 소스에 발사믹소스를 곁들였습니다."

명진의 파스타는 그린올리브와 훈제연어, 토마토, 루꼴라, 푸질리가 한데 어우러져 알록달록한 색상이 침샘을 자극했다.

고 셰프는 만족스러운 미소를 띠며 포크를 들었다. 민석과 수정도 그럴듯해 보이는지 고개를 끄덕이며 명진의 파스타 맛을 보았다. 이번 평가는 호검의 요리까지 맛을 본 후 함께 시식 평을 하기로 했기 때문에 셋은 아무 말 없이 명진의 파스타를 음미하기만 했다.

명진의 시식이 끝나자 민석이 호검에게 말했다.

"자, 이제 호검이 것도 먹어볼까? 음, 로제소스야?"

생크림과 토마토소스를 섞어 만든 소스를 로제소스라고 하는데, 호검의 파스타는 그 비슷한 흰색을 섞은 주황빛이 났다.

그러자 호검이 씨익 웃으며 대답했다.

"아닙니다. 일단 한번 맛을 보세요."

＊　　＊　　＊

링귀네 면으로 만들어진 호검의 파스타를 맛보기 위해 민석과 수정, 고 셰프가 포크를 들었다. 셋은 포크로 면을 돌돌 말아 입에 넣었다.

"음, 이 소스는 뭐로 만든 거예요?"

수정이 한입 먹어보더니 다시 한 번 접시로 포크를 가져가며 호검에게 물었다. 그러자 호검이 자신의 파스타에 대해 설명했다.

"이 소스는 주황빛 파프리카를 갈아서 생크림과 섞어 만든 것입니다. 새송이버섯과 새우를 곁들여 식감을 살렸습니다."

"아! 파프리카!"

민석이 감탄한 듯 외쳤다. 고 셰프는 호검이 파프리카 소스라고 말하자 포크로 소스만 조금 떠서 맛을 보았다. 그러고는 알 수 없다는 표정을 지었다.

명진과 호검도 서로 상대의 파스타를 시식해 보았다. 호검이 명진의 훈제연어 샐러드 파스타를 먹어보았는데 사람들에게 익숙하면서도 신선한 맛이 있었다.

'담백하니 맛있네.'

명진은 호검의 파프리카 파스타를 한입 입안에 넣었는데, 넣자마자 퍼지는 부드러운 소스의 다양한 맛에 속으로 깜짝 놀랐다.

'살짝 매콤한 듯하면서도 달짝지근하니 부드러워. 아……'

모두의 시식이 끝난 후 이제 민석과 수정, 고 셰프가 각자 더 맛있는 파스타를 고르는 시간이 되었다.

먼저 민석이 입을 열었다.

"일단 둘 다 아이디어도 새롭고 괜찮았어요. 짧은 시간에 이 정도로 좋은 아이디어를 내다니, 먼저 둘 다 보조 강사가 될 만한 충분한 실력이 있다고 평가하고 싶네요. 수고했고요. 먼저 훈제연어 샐러드 파스타는 상큼한 맛이 좋긴 했는데, 안티파스토 같은 느낌이 강해서 파스타 요리로는 조금 어울리지 않는 느낌을 받았어요. 물론 맛은 있었지만요."

안티파스토란 이탈리아 요리에서 전채 요리(애피타이저)를 말한다. 즉 훈제연어 샐러드 파스타는 입맛을 돋우는 식전 음식 같았다는 말이다. 명진은 담담한 표정으로 민석의 시식 평을 듣고 있었다.

민석이 이어서 호검의 파스타에 대해서 평가하기 시작했다.

"반면 파프리카 파스타는 처음에 입에 넣는 순간 파프리카 크림이 링귀네에 착 달라붙어 한입 가득 부드러운 맛이 퍼지는 게 좋았고요, 또 마지막에 파스타를 삼킬 때 파프리카의 달짝지근하면서 살짝 매운 맛이 크림의 조금 느끼한 맛까지 잡아줘서 아주 좋았어요. 아, 부재료로 통통한 새우와 쫄깃한 버섯을 넣은 것도 좋았고요. 그래서 전 호검의 파프리카 파스타가 더 좋았다고 봅니다."

민석이 호검을 보고 씽긋 웃으며 말했다. 이에 호검도 슬며시 미소를 지어 보였다.

민석의 시식 평이 끝나자 고 셰프가 곧바로 입을 열었다.

"음, 그럼 제가 시식 평을 하도록 하죠. 전 좀 원장님과는 다른 의견인데요, 훈제연어 샐러드 파스타는 안티파스토라기보다는 하나의 파스타 요리로 손색이 없다고 봐요. 또한 보기에도 다양한 색상이 알록달록하니 좋았고요. 영양적인 측면도 연어에 다양한 야채가 곁들여져 아주 좋았습니다. 면으로쇼트 파스타인 푸질리를 사용한 것도 샐러드 파스타에 잘 어울리는 것 같고요. 맛있었어요. 음, 그리고……."

호검은 고 셰프가 여기까지 말하고 나자 분명히 고 셰프는 명진의 파스타에 손을 들어줄 것이라고 생각했다.

"파프리카 파스타는 아이디어는 좋았지만 뭔가 균형이 안 맞는 느낌이랄까? 그리고 차라리 펜네 같은 쇼트 파스타로 만드는 게 소스가 더 면에 가득히 묻어서 좋을 것 같기도 하고요. 아무튼 맛은 괜찮았지만… 그래서 전 훈제연어 샐러드 파스타가 더 나았다고 생각합니다."

이로써 1 대 1 상황이 되었다. 이제 모두의 시선이 수정에게 꽂혔다. 수정의 선택에 따라 보조 강사가 누가 될지 결정 나게 될 것이다. 수정은 조금은 부담스러운 표정으로 말했다.

"아, 이런, 제 결정에 달려 있네요. 음……."

수정은 잠시 뜸을 들이더니 이내 말문을 열었다.

"일단 전 둘 다 신선한 느낌이 좋았어요. 훈제연어 샐러드 파스타는 발사믹 식초의 상큼한 느낌이 좋았고, 파프리카 파스타는 파프리카 소스의 담백한 느낌이 좋았습니다. 물론 아이디어도 둘 다 괜찮았고요. 그런데 전 둘 중에서……."

호겸과 명진이 침을 꿀꺽 삼켰다. 둘은 긴장한 표정이 역력했다. 그들은 수정을 뚫어져라 바라보고 있었으나, 수정은 자신의 선택에 그들의 운명이 달려 있다 보니 그들의 시선을 피한 채 민석과 고 셰프를 바라보며 말했다.

"파프리카 파스타를 선택할게요. 색감도 좋고 아이디어 측

면에서 좀 더 좋은 것 같아서요."

호검은 수정의 말에 주먹을 불끈 쥐며 조용히 기뻐했다.

"오, 그럼 보조 강사는 강호검으로 결정 났네요. 아, 명진 씨는 아쉽게 됐어요."

민석은 명진에게 수고했다고 악수를 청했고, 호검에게는 축하의 악수를 청했다. 고 셰프도 자신이 명진의 파스타에 한 표 던지긴 했지만, 호검이 될 줄 예상한 듯 별로 표정의 변화가 없었다.

"오늘 좋은 경험이었습니다."

의외로 명진은 담담하게 결과를 받아들이는 듯했다. 이미 그는 호검의 파프리카 파스타를 시식하면서 자신이 질 것을 예상한 것 같았다. 그는 호검에게 축하 인사를 건넸다.

"축하합니다. 파프리카 파스타, 맛있었어요."

"감사합니다. 훈제연어 샐러드 파스타도 좋았습니다."

명진은 인사를 하고 학원 문을 나섰다. 고 셰프는 명진을 배웅해 준다면서 그와 함께 나갔다. 수정은 다음 수업 재료를 준비해야 하기에 파스타 실습실에 남았고, 호검과 민석은 다시 사무실로 올라갔다.

사무실로 돌아온 민석은 숨기고 있던 함박웃음을 보이며 호검에게 말했다.

"이야, 어떻게 파스타 교재 내용도 다 외우고 이렇게 새로운 레시피 개발도 척척이야?"

"감사합니다. 열심히 공부했어요. 하하!"

호검도 이제 민석과 단둘이 마주하자 웃음이 나는지 싱글 벙글 웃으며 대답했다.

"교재 내용 외우는 거야 공부로 된다지만 새로운 레시피 만들어내는 거, 그건 뭔가 감을 가지고 있어야 하는데 말이야. 이태리 요리도 금방 배우겠어. 참, 이 파프리카 파스타, 우리 강의 레시피에 넣어야겠다. 괜찮지?"

"네, 그럼요. 자세한 레시피는 제가 다시 적어드릴게요."

"오케이. 음, 그럼 당장 내일부터 차 강사랑 같이 일하는 걸로 하지. 처음엔 적응도 해야 하고 알아야 할 것도 많을 거야. 차 강사가 잘 가르쳐 줄 테니까 둘이 잘해봐."

"네, 감사합니다."

민석이 수정과 잘해보라고 하니 호검은 수정이 자신을 정말 기억 못 하는 것인지 궁금해졌다.

사실 호검의 고아원 시절 이름은 이호검이었다. 양아버지 강철수에게 입양되면서 그의 성을 따라 강호검이 된 것이다. 그러니 수정이 긴가민가하는 걸 수도 있었다.

'날 못 알아보나? 하긴 성도 다르고 내가 그때의 꼬꼬마가 아니니까 못 알아볼 수도 있지. 못 알아보는 게 나은 건가?'

호검이 수정의 생각을 하고 있는데 민석이 호검의 어깨를 툭툭 치며 말했다.

"그럼 오늘은 이만 집에 가서 쉬고. 참, 파스타 수업 시작이 미뤄져서 다음 주 월요일부터 시작될 것 같아."

"아, 오히려 잘됐네요. 참, 그럼 제가 그 수업 시간엔 보조를 못 하게 되는데⋯⋯."

"그 한 수업만 그런 건데, 뭐. 그리고 보조 강사가 같이 만들고 있으면 오히려 다른 수강생들이 어깨너머로 보고 할 수 있어서 더 좋아해. 그건 걱정하지 마. 어차피 차 강사도 알고 있는 거니까."

"네, 알겠습니다. 그럼 내일 뵙겠습니다."

"그래, 내일 아홉 시까지 출근하면 돼. 내일 보자고."

호검은 민석에게 꾸벅 인사를 하고 사무실을 나왔다. 사무실에서 내려오는 호검의 발걸음이 그 어느 때보다도 가벼웠다. 그리고 그의 입꼬리는 귀에 걸려 있었다.

'아, 이제 보조 강사도 됐고, 얼른 이태리 요리 배워야지. 그다음엔⋯ 중식? 일식? 뭘 배우지?'

호검은 벌써부터 그다음을 생각하고 있었다. 그는 다음 요리는 누구에게 가서 뭘 배우는 게 좋을까 이런저런 생각을 하면서 계단을 내려왔다.

그러다 2층 파스타 실습실 문 앞에서 호검은 안을 기웃거리며 차 강사를 찾아보았다. 어차피 내일 또 얼굴을 보겠지만 일단 인사는 하고 가려는 것이다.

그런데 이번에도 파스타 실습실에 수정이 보이지 않았다.

'엄청 바쁜가 봐. 저번에도 없더니 또 금방 없어졌네? 보조 강사를 혼자 하니까 그런가? 에이, 내일 보면 되지.'

호검은 문 앞에서만 기웃거리다가 안에 수정이 보이지 않자 하는 수 없이 그냥 계단을 내려왔다. 그리고 학원을 막 나서려는데 갑자기 뒤에서 누군가 그를 불렀다.

"호검아!"

7. 오감(五感)이 깨어나다!

"어? 너……?"

호검이 뒤를 돌아보니 그를 부른 사람은 바로 수정이었다. 호검이 눈이 휘둥그레져서 물었다.

"나 알아본 거야?"

수정이 배시시 웃으며 호검에게 다가와 말했다.

"그럼. 너 되게 많이 변해서 못 알아볼 뻔했다. 특히 키가 엄청 컸네?"

"아하하, 이젠 재볼 필요도 없이 내가 크지?"

"그러네. 호호호!"

둘은 마주 보고 어색하게 웃었다. 잠시 침묵이 흐르고, 호검이 물었다.

"그런데 아까는 왜 모른 척했어?"

"내가 평가할 텐데 너 알은척해서 좋을 게 뭐가 있니?"

"아, 그렇긴 하네."

"뭐, 그렇다고 해서 편파 판정을 하진 않았으니까 안심해. 네 파프리카 파스타가 더 좋았어."

"고마워."

"아, 너 내일부터 그럼 나랑 같이 일하겠네?"

"응. 아홉 시까지 출근하라고 하시더라. 네가 잘 아니까 잘 알려주면 좋겠다."

"그럼 아무튼 내일 보자. 잘 가."

"응. 내일 봐."

호검과 수정은 어린 시절처럼 서로 손을 흔들며 인사했다. 호검은 수정이 다시 학원으로 들어가는 것을 보고 나서야 뒤돌아서 지하철역으로 향했다.

집으로 가는 길, 호검은 앞으로 수정과 함께 보조 강사 일을 할 것을 생각하니 저절로 기분이 들떴다.

'차수정을 다시 만나다니. 게다가 여전히 저렇게 예쁘잖아.'

호검은 어린 시절 수정을 조금 좋아했다. 물론 고아원의 남자아이들 중에 수정을 좋아하지 않은 아이가 손에 꼽을 정도로 대부분이 다 좋아했지만.

수정은 백옥같이 흰 피부를 가진 데다 예쁘고 밝았으며 착했다.

'이렇게 다시 만난 것도 운명이겠지?'

호검은 괜스레 웃음이 나왔다. 보조 강사가 된 것만으로도 좋은데 옛 친구인 수정과 함께 일할 수 있게 되었으니 말이다.

싱글벙글 웃으며 걸어가고 있는데, 호검의 휴대폰이 울렸다.

정국이다.

"어, 정국아."

—야, 너 어디냐?

"나 지금 집으로 가는 중. 왜?"

—잘됐다. 너 집에 가는 길에 나 알바하는 데 들렀다 가. 너한테 줄 거 있어.

"뭔데?"

—와보면 알아. 들렀다 가.

"알았어."

호검은 정국이 자신에게 줄 게 무엇인지 궁금한 표정을 지으며 다시 발걸음을 옮겼다.

정국이 아르바이트를 하고 있는 곳은 바로 베이커리 카페였다. 정국은 제과제빵을 배워 빵집을 하는 것이 꿈이었다. 물론 카페도 같이 겸하면 좋고.

잠시 후, 호검은 정국이 아르바이트를 하는 베이커리 카페에 도착해 유리문을 밀고 안으로 들어갔다.

'오, 이 빵 냄새, 맛있겠다!'

호검이 맛있는 빵 냄새를 한껏 들이마시며 안으로 들어서자 바리스타 아르바이트생들이 우렁차게 인사를 건넸다.

"어서 오세요!"

호검은 베이커리 카페에 온 김에 먼저 빵들을 한번 스윽 둘러보았다.

베이커리 카페의 한쪽에는 여러 가지 종류의 빵과 쿠키가 진열되어 있었다. 호검은 맛있게 구워진 빵들 사이를 지나다가 시식용 크로켓이 담겨 있는 작은 바구니를 발견했다. 마침 호검은 조금 배가 고프던 참이라 한입 크기로 잘라져 있는 크로켓을 얼른 하나 입에 넣었다.

'오, 이거 카레크로켓인가 보네. 맛있다.'

호검은 카레크로켓을 우물우물 씹으며 이번엔 그 옆에 놓여 있는 쿠키들을 구경했다. 노릇하게 잘 구워진 버터쿠키가 고소한 냄새를 풍기며 그의 코를 자극했다.

'버터쿠키 맛있겠다.'

호검이 베이커리 카페의 빵을 모두 둘러보고 나서 바리스타 아르바이트생들에게 정국이 어디 있는지 물으려는데, 마침 정국이 제빵실 문을 박차고 나왔다. 정국을 본 호검이 먼저 반갑게 그를 불렀다.

"정국아, 나 왔어."

그런데 호검의 부름에 호검과 눈이 마주친 정국이 당황한 표정으로 호검에게 오더니 팔짱을 끼고 제빵실로 끌고 들어갔다.

"야, 따라 들어와 봐."

"뭐, 뭐야? 왜 그래?"

정국을 따라 제빵실로 들어서자 조리대 위에 있는 타버린 버터쿠키가 가장 먼저 호검의 눈에 들어왔다. 버터쿠키는 완전히 새카맣게 탄 것은 아니지만, 가장자리에 진한 갈색이 돌았다.

"어? 아까 진열된 버터쿠키보다 탔네? 이거 네가 구운 거야?"

"어. 이거 좀 타서 새로 빨리 구워놔야 하는데… 여기 좀 봐봐."

정국은 호검을 끌고 온 앞으로 가더니 오븐 안에서 구워지고 있는 쿠키를 가리키며 말했다.

"내가 뭐 제과를 배워봤어야지."

호검이 난감해하며 말을 흐리자 정국이 다시 다급하게 말했다.

"그래도 너 요리 좀 했잖아. 고기 굽는 거라고 생각하고 노릇하게 잘 익었나 뭐 그런 식으로 좀 봐. 나 이건 정말 태우면 안 된단 말이야. 선배들이 이거 잘 구워놓으라고 하고 나갔거든."

정국은 베이커리 카페에 취직한 지 2주 정도밖에 되지 않은 신입이었다. 그래서 선배들에게 많이 배우면서 일하고 있었는데, 오늘 선배들이 정국에게 간단한 쿠키를 구워놓으라고 하고 잠시 자리를 비운 모양이다.

호검은 일단 오븐 안을 유심히 들여다보았다. 몇 초 후 정국이 조급하게 물었다.

"이거 다 된 것 같지? 꺼내도 되겠지?"

"음……."

호검이 잠시 쿠키를 들여다보며 뜸을 들이자, 정국은 일단 쿠키를 꺼내려고 했다. 그런데 버터쿠키는 아직 노릇한 빛깔이 나려면 멀어 보였다.

"일단 꺼낼까? 타면 절대 안 되거든."

정국은 아무래도 방금 버터쿠키 한 판을 태워먹어서 불안한 모양이다. 정국이 오븐 문을 여는데 호검이 정국의 팔을 잡았다.

"아직 아닌 것 같으니까 조금만 더 기다려 봐."

"다 된 것 같은데… 조금 더 있다가 타면 어떡해?"

"내 눈엔 아직이야. 가만있어 봐."

호검은 오븐에서 쿠키를 꺼내려 하는 정국을 막고는 오븐 안의 쿠키를 뚫어져라 쳐다보기 시작했다. 정국은 불안해서 어쩔 줄 몰라 했다.

"이게… 버터쿠키가 원래 180도에서 12분 굽는 거거든? 근데 그렇게 구웠더니 이렇게 탔어. 그래서 그 전에 보고 꺼내야 하는데……."

정국은 불안해서 그런지 호검의 옆에서 푸념하듯 중얼거렸는데, 호검은 지금 온 감각을 집중해서 쿠키를 응시하느라 아무 대답이 없었다.

"그러니까 지금 꺼내야 하지 않아?"

"아니."

"다 구워졌지?"

"아직."

"이제 꺼낼까?"

"조금만 더."

정국은 쉬지 않고 계속해서 호검에게 물었다. 그러다 30초가 넘어가자 이제는 발을 동동 구르며 이제 그만 꺼내자고 애원하듯 조르기 시작했다.

"이거 타면 안 돼."

"내가 책임질게. 안 타. 절대!"

"쿠키 안 구워봤다며? 쿠키는 순식간에 탄단 말이야!"

"넌 나한테 봐달라고 해놓고 뭔 말이 그렇게 많아?"

"아아, 정말 믿어도 돼?"

그때, 호검의 눈빛이 반짝 빛났다. 그의 눈에 포착된 쿠키는 노릇노릇하게 잘 익은 그 상태, 방금 밖에 진열되어 있던 버터쿠키의 색과 같았다.

'지금이야!'

호검이 드디어 오븐을 열며 정국에게 말했다.

"지금 꺼내."

"알았어!"

정국은 안도하며 얼른 쿠키를 꺼냈다. 오븐에서 꺼낸 쿠키는 정말 먹음직스럽게 잘 구워져 있었다.

"봐. 제대로 구워졌지?"

"오, 정말 맛있어 보이는 게 잘 구워진 것 같다! 근데 너 빵이나 쿠키는 한 번도 안 만들어봤다며?"

"응. 근데 그냥 보면 알 것 같아."

"이야, 너 천재냐?"

정국이 감탄한 표정으로 호검을 툭 치며 말했다.

호검은 어떤 감이 오긴 한 것 같은데 명확히 그것을 설명할 방법이 없어서 대충 얼버무려 대답했다. 하지만 스스로도 굉장히 놀라고 있었다. 색을 보고 얼마나 익었는지 파악이 된다는 것이 스스로도 무척 신기했던 것이다.

'내게 정말 어떤 감이 생긴 걸까?'

그런 생각에 빠져 있는데, 정국이 미선을 잘 해결해서 그런지 싱글벙글 웃으며 물었다.

"휴우, 네 덕에 한시름 났다. 너 뭐 마실래? 내가 사줄게."

"어? 난 카페라테."

"오케이!"

정국은 호검을 빈 테이블에 앉아 있게 하고 카페라테를 사 가지고 와서 그의 맞은편에 앉았다.

"자, 여기."

"잘 마실게. 근데 너, 나 줄 거 있다며?"

"어. 잠깐만."

정국은 자리에서 일어나더니 바지 주머니에서 종이쪽지 하나를 꺼내 호검에게 내밀었다.

"이게 뭐야?"

"이거 엊그제 너한테 빌려 온 책 있잖아. 보는데 이게 툭 떨어지더라고."

"웬 쪽지지?"

호검이 몹시 궁금한 표정으로 정국이 건넨 쪽지를 펼쳐 보는데, 정국이 이어 말했다.

"그거 아무래도 아버지가 써놓으신 것 같던데?"

"뭐? 정말?"

쪽지를 펼쳐 보는 호검의 손놀림이 빨라졌다.

*   *   *

쪽지를 펼쳐 본 호검이 눈이 동그래지더니 중얼거렸다.

"어? 이거 아부지 글씨 맞는데? 이 이름들은 다 뭐지?"

쪽지에는 사람 이름이 쭉 쓰여 있었다.

"너도 모르는 사람들이야? 난 넌 아는 사람들인 줄 알았는데……."

"음, 설마 이 양혜석이 그 명장 양혜석은 아니겠지?"

"명장 양혜석?"

"왜 요전에 신문에 나온 청와대 주방 맡고 있는 궁중요리 전문가 말이야."

"설마……. 근데 이 사람들 이름은 왜 이렇게 적어놓으셨을까?"

"그러게. 누군지도 모르는데 왜 적어두셨는지 어떻게 알겠어? 친구분들 이름인가?"

호검은 잠깐 양아버지의 친구들 이름인가 싶은 생각이 들었다. 그리고 동시에 그렇다면 최민석이 아는 사람들일지도 모른다는 생각이 들었다.

"아, 이거 민석 아저씨한테 물어보면 아실 수도 있을 것 같아."

"그래, 그게 좋겠다. 참, 너 보조 강사는 어떻게 됐어?"

"어떻게 됐을까? 하하하!"

"오! 됐구나! 이야, 잘됐다!"

"고마워. 나 내일부터 출근이야."

"그럼 내일 가서 원장님한테 물어보면 되겠다. 나도 궁금한데 알게 되면 알려줘."

"알겠어. 나 간다. 카페라테 잘 마실게."

호검은 쪽지를 주머니에 챙기고 베이커리 카페에서 나왔다. 베이커리 카페에서 나온 호검은 곧바로 집으로 향했는데 집에 도착하자 오후 4시가 다 되어 있었다.

호검은 그제야 오늘 테스트의 긴장감이 풀리면서 갑자기 피곤이 몰려왔다. 호검은 하품을 하면서 주머니에서 요리사의 돌을 꺼내 서랍에 넣어두고 샤워를 하러 욕실로 향했다. 샤워를 하자마자 그는 일단 낮잠부터 청했다.

저녁 7시쯤 호검은 배가 고파서 잠에서 깼다. 그는 천천히 자리에서 일어나 저녁거리를 찾으려고 냉장고 문을 열었다.

'음, 한번 해볼까?'

그는 무언가 테스트를 해보려고 스테이크용 소고기 안심을 꺼냈다. 고기에 소금과 후추 간을 살짝 한 다음 버터를 꺼내

한 조각을 잘라 프라이팬에 녹였다. 그리고 곧바로 소고기 안심을 굽기 시작했다.

호검은 안심이 익어가는 것을 뚫어져라 쳐다보았다.

치이이익.

맛있는 소리를 내며 안심이 익어가는 소리가 들린다. 고소한 버터와 고기가 익으면서 나는 맛있는 냄새가 주방 가득 메웠다.

어느 정도 시간이 흐르자 그는 집게를 가져와 재빨리 안심을 뒤집었다. 또다시 안심의 다른 면이 맛있는 소리를 내며 익어가기 시작했고, 호검은 숟가락으로 프라이팬 안에 녹은 버터를 연신 안심에 끼얹었다.

그러다 어느 순간 그의 눈빛이 반짝 빛났다.

'미디엄!'

호검의 눈이 그에게 고기의 익은 정도를 알려주고 있었다. 겉면의 노릇한 상태를 보고 저절로 그런 감이 온 것이다. 그는 얼른 접시를 가져와 프라이팬의 안심을 꺼내 담고 긴장된 표정으로 칼질을 시작했다.

'정말 내 감이 맞을까?'

호검은 아까 베이커리 카페에서 쿠키의 익은 정도를 눈으로 보고 정확히 알 수 있던 것이 신기했다. 그래서 정말 자신에게 어떤 신비한 감각이 생긴 것인지 확인하려고 이렇게 스테이크를 구워본 것이다.

친천히 안심을 썰어보니 속이 살짝 덜 익은 게, 딱 적당히 먹기 좋은 정도로 익어 있었다.

바로 얼마 전 호검은 파스타 요리를 맛보러 이태리 요리 전문점에 갔는데, 스테이크를 한번 먹어보고 싶어서 미디엄으로 익혀달라고 주문한 적이 있었다. 그 당시 고기는 딱 적당하게 익어서 호검은 굉장히 맛있게 먹었다. 그런데 지금 이 안심의 단면이 바로 그때 먹어본 안심스테이크의 단면과 거의 흡사했다.

'진짜 잘 익었네. 그때 그 안심스테이크랑 색이 거의 같아. 내가 언제부터 이렇게 감이 좋았지?'

호검은 이런 시각적인 감각이 언제부터 발달하게 되었는지 알 수 없었지만, 어쨌든 그의 시각적인 감각이 발달했다는 것은 틀림없는 사실이었다. 눈으로만 보아도 음식의 익힌 정도를 알 수 있다는 건 정말 요리를 하는 데 있어서 굉장히 편리한 점이다.

일단 호검은 만족스러운 미소를 지으며 스테이크 소스 만들기에 돌입했다. 그는 어느 책에서 본 가장 간단한 스테이크 소스를 만들기로 했다.

호검은 방금 고기를 구운 팬을 닦지 않고 그 상태 그대로 레드와인과 버터를 넣고 가스 불을 켰다. 버터가 다 녹고 레드와인이 팔팔 끓자 그는 소스를 조금 졸인 후 가스 불을 껐다. 그는 안심스테이크 위에 방금 만든 레드와인 소스를 끼얹었다.

호검은 야채를 구워 함께 먹을까 하다가 출출한 터라 일단 스테이크를 썰어 먹기 시작했다.

'와, 입에서 살살 녹네. 내가 만들었지만 진짜 맛있는데?'

적당히 잘 익은 스테이크와 레드와인 소스가 어우러져 살짝 달콤하면서도 고소한 맛이 호검의 입맛에 딱 맞았다. 아니, 다른 이의 입에도 맛있을 것 같았다. 호검은 나중에 정국을 불러 시식을 시켜봐야겠다고 생각하면서 안심스테이크를 깨끗이 다 먹어치웠다.

배불리 먹은 호검은 잠시 쉬면서 아버지의 쪽지를 꺼내 보았다.

"양혜석, 천학수, 김민기, 황고원, 수향…… 누굴까?"

호검은 이리저리 머리를 굴리며 고민하다가 일단 내일 최민석에게 물어보기로 결론을 내렸다.

다음 날 아침 일찍 호검은 휘파람을 불며 출근 준비를 했다. 그는 아홉 시까지 출근하면 되었지만, 일찌감치 준비를 하고 8시 반쯤 학원에 도착했다.

학원에 도착해 먼저 사무실로 올라간 호검은 아버지의 쪽지를 들고 민석에게로 갔다.

"안녕하세요, 원장님?"

"오, 일찍 왔네?"

"원장님도 일찍 나오셨네요. 안 그래도 제가 여쭤볼 게 있어서……."

"나이 드니까 아침잠이 없어져서 말이야. 하하하! 뭔데?"

호검이 아버지의 쪽지를 민석에게 내밀었다.

"저희 집에 있는 어느 책 사이에 끼워져 있던 쪽지인데요, 혹시 여기 적힌 사람들이 누군지 아시나 해서요."

"응?"

민석은 호검이 건넨 쪽지를 받아 들고 사람들의 이름을 확인하기 시작했다.

"흠, 양혜석, 천학수……. 아, 내가 다 아는 사람들이네. 네 아버지도 알고. 몇은 내가 소개한 사람들이고 여기 천학수랑 황고원은 네 아버지가 아는 친구들이야."

"역시 아버지가 아시는 분들이니까 여기에 적어놓으셨겠죠."

"아, 양혜석 누님은 너도 알걸. 명장 양혜석 몰라? 그 청와대 주방을 책임진다는 기사도 나고 그랬는데."

"이분이 그 명장 맞아요? 정말요?"

"응, 맞아."

"아, 그럼 다른 분들도 요리사예요?"

"다들 요리사야. 모두 꽤 실력 있는 요리사들이지. 하하하! 양혜석 누님은 궁중요리, 천학수는 중식 대가, 김민기는 일식 요리사이고, 고원이는 산에서 약선요리 연구하고 있지. 여기 수향이는 요리하다가 절에 들어간 친군데 사찰 음식 만들고 있더라고."

궁중요리, 중식, 일식, 약선요리, 사찰요리라니. 호검은 아버지가 왜 이 이름들을 적어놓았는지 대충 감이 왔다.

아버지는 돌아가시기 얼마 전, 호검에게 어떤 요리를 배우고 싶은지 물은 적이 있었다. 호검은 요리 대회도 나가야 하니 여러 가지 다양한 요리를 다 섭렵하고 싶다고 대답했다. 그래서 아버지는 여러 분야의 요리사들을 알아보신 것 같았다.

"음, 원장님, 그럼 이분들은 지금 다 뭐 하세요?"

"학수랑 민기는 자기 음식점 하고 있고, 고원이 이 친구는 산에 있을 것이고, 수향 스님은 요즘 사찰 음식 강의도 하고 그러나 보던데? 아, 네가 다양한 요리를 배우고 싶어 한다고 철수가 얘기했었지. 나중에 이태리 요리 다 배우고 나면 이 사람들 한번 찾아가 봐. 많은 도움이 될 거야."

호검은 안 그래도 다른 요리는 누구에게 배워야 하나 고민 중이었는데, 아버지의 쪽지 하나로 고민이 해결되었다. 아버지는 호검이 이 사람들에게 요리를 배우길 원한 것이다.

"혹시 이분들 연락처 다 알고 계세요?"

"그럼. 거의 다 알지. 근데 고원이는 원래 연락이 잘 안 돼. 산에 막 돌아다녀서 말이야. 하하! 이따가 갈 때 내가 적어줄게."

"네, 감사합니다."

호검이 활짝 웃으며 인사했다. 그리고 그때, 사무실 문이 열리면서 수정이 들어왔다.

"안녕하세요, 원장님? 어? 호검… 씨, 일찍 오셨네요?"

"네, 안녕하세요. 좋은 아침입니다."

수정은 호검이라고 부르려다가 급히 존대를 했다. 그러자 민석이 자리에서 일어서며 말했다.

"차 강사, 호검이가 처음이니까 잘 알려줘. 그리고 둘이 동갑인데 친하게 지내고."

"네, 원장님."

"아, 네."

호검과 수정이 서로를 힐끗 쳐다보며 멋쩍게 대답했다. 그리고 곧 재료 준비를 하기 위해 수정을 따라 아래층으로 내려갔다.

8. 오감(五感)이 깨어나다 II

파스타 실습실에 들어선 호검이 나지막이 수정을 불렀다.

"수정아."

"응? 왜?"

수정이 호검을 돌아보며 대답했다. 그러자 호검은 수정에게 궁금한 것들을 몇 가지 묻기 시작했다.

"너 혼자 살아? 고아원에선 언제 나왔어?"

"음, 나도 너 나가고 곧장 나왔어. 난 뭐 여기저기 돌아다니면서 살아서 고아원 친구들하고 연락도 못 하고 살았지. 참, 저번에 정국이 봤다. 내가 네 안부 물어보면서 내 연락처도 가르쳐 줬는데."

"알아. 정국이가 안 그래도 그 얘기 하더라. 나도 바쁜 일 좀 끝나면 너한테 연락하려고 했어. 근데 이렇게 우연히 만났네? 하핫!"

호검은 살짝 운명적인 만남인 것 같은 느낌이 들어 기분 좋게 웃었다. 수정도 호검을 다시 만난 것이 반갑다는 듯 호검을 따라 밝게 웃어 보였다. 이어 호검이 수정에게 또 질문했다.

"넌 여기 문 열 때부터 보조 강사 한 거야? 여기 연 지 두 달 정도 됐지?"

"응, 맞아. 내가 파스타를 좀 많이 좋아해서 다른 곳에서 좀 배웠거든. 근데 거기서 새로 오픈하는 학원 보조 강사를 구한다는 얘기를 듣고 여기로 오게 된 거지."

"아하, 파스타를 좋아하는구나?"

"응."

수정이 고개를 끄덕이며 테이블 위에 놓여 있는 파일을 집어 들었다. 파일 안에는 파스타 레시피가 적힌 종이가 가득 들어 있었다.

"참, 오늘 메뉴 뭐야? 뭐 준비하면 돼?"

호검의 물음에 파일을 펼쳐 보려던 수정이 손을 멈추더니 먼저 실습실 앞쪽 구석의 옷걸이에 걸린 새하얀 조리복을 들어 호검에게 건넸다.

"일단 이 조리복부터 입어. 네 거야."

"아, 조리복!"

조리복은 차이나 칼라에 앞에 단추 열 개가 두 줄로 쭉 달려 있는 상의와 무릎 밑까지 내려오는 긴 앞치마로 구성되어 있었다.

호검은 신이 나서 얼른 옷 위에 조리복을 걸쳤다.

그사이 수정은 파일에서 레시피가 적힌 종이 두 장을 꺼냈다. 그녀는 오늘 파스타 수업에서 실습하는 레시피를 보면서 재료들을 체크했다.

호검이 조리복을 다 입고 수정의 옆으로 다가갔다. 수정은 수강 인원과 재료들을 확인해서 어떤 재료가 어느 정도 필요한지 종이에 적고 있었다. 그녀는 조리복을 차려입은 호검을 보더니 한마디 했다.

"오, 멋있네! 잘 어울려!"

180㎝의 훤칠한 키에 요리를 하면서 팔을 많이 쓰다 보니 어깨와 팔 근육이 발달한 호검인지라 조리복이 꽤 잘 어울렸다.

호검은 수정의 칭찬에 함박웃음을 지으며 대답했다.

"그래? 고마워."

수정은 옅은 미소를 짓더니 이어 재료가 적힌 종이를 보면서 말했다.

"오늘 만들 파스타는 아마트리치아나 부카티니랑 새우로제 소스 펜네야. 원래 아마트리치아나는 부카티니로 많이 만들어 먹거든."

"부카티니? 난 부카티니 면이 좀 굵어서 소스가 면에 잘 안 밸 것 같아 보이던데. 맛이 잘 나나?"

"그래서 부카티니 면은 가운데 구멍이 뚫려 있잖아. 그 안으로 소스가 들어가서 괜찮아."

"그래도 좀 굵던데……."

"재료 준비하고 시간 남으면 아마트리치아나 부카티니 한번 해 먹어보자. 부카티니도 나름 맛있어."

"오, 그래. 그럼 냉장고에서 뭐 가져올까?"

"아마트리치아나는 베이컨이랑 양파, 그라나 파다노 치즈가 필요한데, 먼저 그라나 파다노 치즈부터 갈아야겠다. 내가 그라인더 가져올게. 넌 냉장고에서 치즈 가져오면 돼."

"오케이."

수정은 그라인더를 가지러 위층으로 올라갔다.

아마트리치아나는 아마트리체 지역에서 만들어진 구안치알레 햄과 페코리노 치즈, 토마토를 섞어 만든 소스를 말하는 것이지만, 재료를 쉽게 구할 수 없기 때문에 국내 사정에 맞게 구안치알레 햄 대신 베이컨을, 페코리노 치즈 대신 그라나 파다노 치즈 가루를 사용했다.

그러나 파다노 치즈는 파르미지아노 레지아노 치즈보다 조금 더 저렴하고 맛이 파르미지아노 레지아노와 거의 비슷해서 파르미지아노 치즈 대신 많이 사용하는 치즈였다.

파스타 실습실 가장 안쪽 구석에 있는 커다란 냉장고로 향한 호검은 그러나 파다노 치즈 덩어리를 찾아서 가져왔다.

수정은 스테인리스 바트와 반투명한 플라스틱 컵 여러 개를 그라인더 두 개와 함께 챙겨 왔다. 치즈 그라인더는 스테인리스 재질로 치즈 덩어리를 주입구에 넣고 오른쪽에 달린 손잡이를 돌리면 왼쪽의 촘촘한 구멍에서 치즈가 갈려 나오게 되어 있었다.

호검은 그라인더의 주입구에 들어갈 만한 적당한 크기로 치즈를 잘랐다. 그리고 수정과 함께 테이블에 나란히 앉아 치즈를 갈기 시작했다.

한동안 말없이 치즈를 갈던 두 사람 중에 먼저 입을 연 사람은 수정이었다.

"넌 어떻게 지냈어? 저번에 정국이한테 슬쩍 들은 바로는 보쌈집 한다고……. 근데 보쌈집 하면서 이렇게 요리도 배우고 보조 강사까지는 할 수 없을 것 같은데……."

"아, 보쌈집은 사정이 있어서 문 닫았고, 난 여러 가지 요리 제대로 배워보고 싶어서 여기 왔지."

"그렇구나. 원장님이랑은 아는 사이라며?"

"응. 아버지랑 친한 친구분이셔. 나 이거 다 갈았는데 여기 컵에 넣을까?"

"그거 양 재서 넣어야 돼. 여기 전자저울에 컵 올리고 치즈 넣어봐."

바로 그때 민석의 말소리가 들려왔다.

"둘이 동갑이라 금방 친해졌나 보네?"

"엇!"

호검이 깜짝 놀라 파스타 실습실 문 쪽을 쳐다보니 민석이 문을 빠끔히 열고 호검과 수정을 보며 웃고 있었다.

민석은 웃으며 실습실로 들어오더니 계속해서 말을 이었다.

"그래, 빨리 친해져야 금방 손발이 척척 맞게 되지. 그럼 일도 한결 수월하고. 하하!"

민석은 왠지 모르게 흐뭇해했다. 호검은 조금 민망해져서 다른 이야기로 화제를 돌렸다.

"참, 원장님, 아까 그분들이요, 아버지랑 다들 친한 분들이셨나요? 생각해 보니까 친하셨으면 저한테 말씀하신 적이 있었을 텐데 전 아버지께 원장님 얘기만 많이 들어서요."

"철수가 좀 외향적인 성격이 아니라 말수도 적고 그래서 친구들이랑 많이 어울리진 않았지. 학수랑 고원이와는 젊을 때 친했긴 했는데 지금은……. 너희 아버지는 나랑은 꾸준히 연락했는데 다른 친구들이랑은 어땠는지 정확히 모르겠어."

호검의 양아버지인 철수와 가장 친한 사람은 최민석이었고, 최민석은 호텔 총주방장이라는 타이틀도 있고 해서 철수와는 달리 친구들과 꾸준히 연락이 되었던 모양이다.

"아, 그래서 아버지도 연락처를 모르셨나 보네요. 저번에 원장님 성함이 적혀 있던 종이에는 연락처도 같이 적혀 있었거든요. 그래서 제가 이렇게 찾아올 수 있었구요."

"아마도 잘 몰랐을 거야. 나한테 물어보려고 했겠지. 아무튼 내가 연락처는 다 아니까 오늘 일 끝나고 적어줄게."

"네, 감사합니다."

"그럼 난 다시 올라간다."

민석의 말에 수정과 호검이 살짝 목례를 하려는데 나가려던 민석이 차 강사를 돌아보며 말했다.

"참, 차 강사, 호검이 만든 그 파프리카 파스타 말이야, 그거 수업에 넣으려면 다른 거 하나 빼야 하는데 한번 확인하고 뭘 빼고 넣을지 생각해서 알려줘. 파프리카 파스타 레시피도 호검이랑 상의해서 만들어두고 말이야."

"네, 원장님."

민석이 파스타 실습실을 나가고 얼마 되지 않아 오늘 필요한 치즈가 다 준비되었다. 이어 둘은 부카티니와 펜네를 1인 분 양에 맞게 나눠놓았다. 그리고 아마트리치아나에 필요한 토마토 홀과 양파, 베이컨도 준비하고, 새우로제소스 펜네에 들어가는 새우와 생크림, 브로콜리 등도 1인분씩 나눠서 반투명한 플라스틱 컵에 담아놓았다.

"흠, 다 된 것 같네. 너 손이 좀 빠르구나? 나 혼자 했으면 시간이 두 배 넘게 걸렸을 거야. 수고했어."

"너도 수고했어."

둘은 파스타 수업 준비를 모두 마치고 다시 사무실로 올라가려고 실습실 문을 나섰다. 그런데 문을 나서자마자 호검의 코끝에 진한 피자 향이 느껴졌다.

"어? 피자 냄새 나는데? 고소한 치즈 향이랑 바질 향 같아."

"오, 그런 것 같아. 누가 피자 굽나 보다. 고 셰프님인가?"

그리고 한 층 올라가는데 갑자기 3층 피자 실습실 문이 열리더니 역시나 고 셰프가 불쑥 고개를 내밀었다.

"재료 준비는 다 했어?"

"아, 네."

"마침 잘됐네. 둘 다 얼른 들어와 봐."

호검은 무슨 일인가 싶어 눈이 놀란 토끼 눈이 되었지만, 수정은 늘 있는 일이라는 듯 태연히 고 셰프를 따라 피자 실습실로 들어갔다.

＊　　　＊　　　＊

피자 실습실엔 맛있는 피자 냄새가 진동하고 있었다. 수정은 물론 호검도 군침이 저절로 돌 정도였다.

피자 실습실에는 피자 도우를 펼 때 쓰는 인조 대리석으로 된 넓은 식탁 같은 것이 있었는데, 그 앞에는 민석도 와 있었다. 둘은 민석에게 살짝 목례를 하고 식탁 쪽으로 다가갔다.

"차 강사도 끌려왔구만?"

"네. 저야 뭐 맛있는 피자 먹고 좋죠. 호호!"

"이제 호검이까지 세 명이니 결정하기 편하겠어. 우리 둘이 의견이 다를 땐 항상 문제였는데 말이야. 하하!"

고 셰프는 여기서 강의하는 것 말고도 자신이 운영하는 피자 가게가 따로 있었다. 그래서 가끔 메뉴 개발을 한다고 새로운 피자를 만들어서 민석과 수정에게 시식과 평을 해달라고 하곤 했다. 그리고 오늘이 바로 그날이었다.

식탁으로 다가가 보니 한쪽에 피자가 아닌 커다란 만두같이 생긴 것이 놓여 있었다.

"어? 이건……!"

"이번엔 칼조네 만드셨나 보네."

칼조네는 피자 도우를 동그랗게 편 다음 절반에만 토핑을 올리고 토핑을 올리지 않은 나머지 반쪽을 덮어서 오븐에 구워낸 것인데, 칼조네는 구워지면 안쪽이 부풀어 올라서 마치 통통한 만두 같은 모양이 나온다.

호검은 눈을 동그랗게 뜨고 고개를 이리저리 돌려가며 칼조네를 구경했다.

"와, 저 칼조네 처음 봐요. 진짜 커다란 만두를 빚어놓은 것 같아요. 신기해요."

칼조네의 겉면은 노릇하고 바삭하게 잘 익어 있었다. 바삭한 빵 안에는 무엇이 들어 있을지 호검은 저절로 호기심이 생겼다. 그리고 마치 그 안에 든 재료가 무엇인지 알아내겠다는 듯 크게 숨을 들이마셔 냄새를 맡아보았다.

냄새를 맡아보는 호검을 보고 고 셰프가 피식 웃으며 물었다.

"풋, 냄새만 맡아봐도 뭐가 들었는지 알겠어? 한번 맞혀봐. 어디 얼마나 개코인가 보자."

"아, 그게 아니고 냄새가 너무 좋아서요. 하핫! 근데 이 도우는 바질이랑 오레가노가 들어간 건가요?"

"오호, 잘 아네? 맞았어. 대단한데?"

자세히 보니 칼조네의 도우에는 초록색의 작은 가루가 섞여 있었다. 바로 이 초록색 가루가 바질과 오레가노였던 것이다.

물론 치즈와 다른 고소한 향에 가려져 있었지만, 호검의 코에 바질과 오레가노의 향이 느껴졌다. 그는 이태리 요리에 많이 쓰이는 향초들을 다 구매해서 여러 번 향을 맡아보며 익혔는데, 그게 그의 기억에 고스란히 저장되어 있었다.

'나 진짜 개코 됐나? 근데 언제부터?'

호검은 그저 자신의 후각에 의존해서 물어봤을 뿐인데 바로 딱 맞히자 스스로도 조금 놀랐다. 물론 고 셰프도 놀란 눈치였다. 고 셰프는 이어 안에 무엇이 들었는지도 맞혀보라고 했다.

고 셰프는 팔짱을 끼고 어디 맞히나 보자 하는 표정으로 호검을 응시했고, 민석과 수정은 기대하는 눈빛으로 그를 쳐다보고 있었다.

"아, 어쩌다 맞힌 건데……. 제가 어떻게 보이지도 않는데 이 안에 뭐가 들었는지 알겠어요? 하핫!"

호검이 멋쩍게 웃었다. 고 셰프도 동의한다는 듯 피자커터를 가져오며 말했다.

"하긴, 이건 좀 무리야. 그래도 직접 먹어보면 뭐가 들었는지 알 수 있을 거야. 자, 잘라볼까?"

그런데 고 셰프가 칼조네를 막 자르려는 순간, 고소한 치즈향과 향긋한 바질 향을 뚫고 호검의 코에 달달한 어떤 향이 느껴졌다.

"이거 안에 고구마 들었나요?"

호검이 대뜸 물었다. 그러자 고 셰프가 칼조네를 자르려던 손을 멈칫하며 물었다.

"뭐야? 어떻게 알았어?"

"오, 진짜 고구마 들었어?"

옆에 있던 민석도 신기하다는 듯 호검과 고 셰프를 번갈아 쳐다보았다. 수정도 토끼 눈을 하고 호검을 쳐다봤다.

고 셰프가 호검에게 다그치듯 물었다.

"또, 또 뭐 들어 있는 것 같아?"

"음……."

잠시 고민하던 호검이 말문을 열었다.

"베이컨 같은 냄새가 나는데요? 그리고 피클? 그런 냄새도 나고요."

"헉!"

고 셰프는 말문이 막힌 듯했다. 옆에 있던 민석이 이제 궁금해서 못 참겠다는 듯 고 셰프를 재촉했다.

"얼른 잘라봐. 내 눈으로 확인해 봐야지."

고 셰프는 어안이 벙벙한 표정으로 일단 칼조네를 6등분으로 잘랐다. 칼조네 겉면의 얇은 도우가 잘리면서 바삭한 소리를 냈고, 이어 칼조네 안의 토핑들이 모습을 드러냈다.

칼조네 안에는 고구마 으깬 것과 리코타 치즈, 거기에 잘게 잘린 베이컨과 양배추 피클이 버무려져 있었다. 민석이 호검을 기특하다는 듯 토닥이며 말했다.

"와, 이거 뭐 리코타 치즈야 냄새로 알기 힘들고, 근데 다른 건 다 맞혔네! 호검아, 너 재주 좋다! 완전 타고났나 본데?"

"그, 그런가요? 감사합니다."

호검은 얼떨떨한 표정으로 대답했다. 고 셰프도 이번엔 확실히 호검을 인정하는 듯 고개를 끄덕였다.

"그래, 이 정도면 재능이 맞네. 확실히. 그럼 이제 시식 좀 해주세요. 자, 원장님 먼저 이거 드세요. 너희들도 얼른 먹어보고 어떤지 말해줘."

드디어 고 셰프의 칼조네 시식이 시작되었다. 사실 칼조네는 외향이 만두처럼 생겼다는 점만 다르고 토핑이나 맛은 피자와 거의 같았다. 그래서 기본적으로 피자에 들어가는 모차렐라 치즈가 칼조네에도 들어가는데, 지금 고 셰프가 만든 칼조네에는 모차렐라 대신 리코타 치즈가 들어가 있었다.

모차렐라는 길게 늘어나는 것이 특징이지만, 리코타 치즈는 모차렐라 치즈처럼 늘어나지는 않고 마치 부드러운 연두부 같은 식감을 가졌다. 그래서 쫄깃한 치즈의 느낌은 없지만 부드럽고 우유 맛이 조금 더 나는 치즈였다.

칼조네를 만든 지 시간이 조금 흘렀지만 만두처럼 도우에 싸여 있어서 그런지 아직 칼조네는 따뜻했다. 셋은 각자 한 조각씩 칼조네를 들고 맛을 보았는데, 가장 먼저 한 조각을 해치우고 입을 연 사람은 바로 수정이었다.

"전 이거 제 입맛에 딱 맞는데요. 진짜 맛있어요. 리코타 치즈가 부드럽고 고소하고요, 고구마의 달달한 맛도 좋고, 중간중간 씹히는 짭짤한 베이컨과 새콤달콤한 양배추 피클이 아주 조화가 좋아요. 이거 여자들이 되게 좋아할 것 같아요. 여자들은 달콤하고 부드러운 그런 맛 좋아하거든요. 저 이거 한 조각 더 먹어도 되죠?"

"그래? 그럼. 더 먹어도 되지. 암, 되고말고."

고 셰프는 수정의 평가에 만족스러운지 싱글벙글 웃으며 말했다.

수정은 곧바로 칼조네의 다른 한 조각을 집어 들었다. 그녀는 정말 이 칼조네를 맛있게 먹었다.

수정의 평이 좋았으니 고 셰프는 이제 다른 두 사람의 평가를 기대하고 있었다.

드디어 한 조각을 다 먹은 민석이 말문을 열었다.

"뭐, 괜찮은 것 같아. 리코타 치즈와 고구마가 조금 퍽퍽할 수도 있는데 고구마 무스를 잘 만들었네. 촉촉하고 부드럽게 말이야. 뭐 넣어서 만든 거야?"

"마요네즈랑 생크림 넣은 거 아니에요? 약간 짭짤하면서도 고소한 맛도 나고……."

옆에 있던 호검이 불쑥 물었다. 그러자 고 셰프가 또 감탄하며 말했다.

"얘 이거 완전 족집게네? 감각을 타고났나 봐. 후각도 그렇고 미각도 그렇고 말이야. 네 말대로야. 마요네즈랑 생크림 넣었어. 진짜 잘 아네."

"이거 앞으로 뭐 시식하라고 하면서 그 안에 뭐가 들어갔는지 비밀로 할 수도 없겠는데? 호검이가 먹어보면 다 알 테니까 말이야."

민석이 허허 웃으며 호검을 치켜세웠다. 고 셰프는 직업을 추천해 주기까지 했다.

"너 와인 소믈리에 이런 거 해봐라. 그럼 완전 대성하겠어."

"아, 제가 와인은 잘 몰라서……. 소주라면 또 모르겠… 아, 아닙니다."

호검이 난감한 듯 대답했다. 그러자 이번엔 수정도 거들었다.

"호검이랑 분자요리 하는 데 가보면 좋을 것 같아요. 그럼 거기 뭐 들었는지 얘가 다 알 거 아니에요."

"분자요리? 그게 뭐야?"

호검이 다소 과학적으로 보이는 요리 명칭에 호기심을 보이며 되물었다.

*　　　　*　　　　*

"음, 분자요리란 음식을 분자 단위까지 분석해서 요리를 만드는 것인데, 예를 들어 쫄깃한 질감의 고기 같은 재료를 젤리화해서 외형도, 식감도 전혀 고기인 줄 모르게 새롭게 만드는거야. 먹어보면 살짝 원재료 맛이 나긴 하는데 그 재료의 식감이 전혀 없어지는 거라 뭐로 만들었는지 알기가 어렵지."

민석이 분자요리에 대해 설명하자 이어 수정이 덧붙여 말했다.

"그래서 새로운 느낌의 음식을 접하는 느낌이 들어서 사람들은 신기해하고 재밌어해. 국내에는 분자요리 전문점이 몇 군데 없는데, 나 저번에 한 군데 가봤거든? 거기서 디저트로 나온 공기 인절미인가 뭐 그런 게 있었어. 보기엔 그냥 직육면체 모양의 인절미였는데 입안에 넣으니까 그게 떡이 아니라 물이더라고."

"물이었다고? 아니, 물로 직육면체 모양을 만들었다고?"

호검이 떡이 아니라 물이었다는 말에 눈이 휘둥그레져서 물었다.

"응. 물을 어떻게 그런 모양으로 만들었는지 물어봤더니 물을 액체 질소로 급랭시킨 다음에 콩가루를 묻힌 거라고 알려주더라. 근데 그거 말고 메인 메뉴들은 주재료만 알려주지 다른 건 비밀이라고 안 알려줘서 나 아직도 궁금해. 네가 먹어보면 뭐가 들어갔는지 대번 알 수 있을 텐데."

"그래, 그런 건 호검이가 먹어보면 다 알겠다."

"그렇겠어. 만드는 방법은 모를지라도 말이야."

호검의 재능에 나머지 세 사람이 호들갑을 떨었다. 호검은 속으로 언제부터 자신이 이렇게 감각이 발달했는지 의아해하고 있었다.

'이것도 다 회귀하면서 생긴 건가?'

아무렴 어떤가. 지금 그 능력이 자신에게 생겼다는 것이 중요한 것이지.

수정은 호검이 분자요리를 먹으면 들어간 식재료를 정말 다 알 수 있을지 계속 궁금해했고, 옆에 있던 민석도 궁금한지 수정에게 말했다.

"차 강사, 우리 언제 호검이 데리고 분자요리 전문점 한번 가보자고. 하하하!"

그러자 호검도 내심 직접 분자요리를 맛보고 싶은지 긍정적인 반응을 보였다.

"네, 저도 궁금해서 한번 가보고 싶네요. 분자요리라니!"

그때, 고 셰프가 슬쩍 지나가는 말처럼 중얼거렸다.

"분자요리 먹으러 갈 때 저도 좀 같이……."

"하하하, 고 셰프도 호검이가 잘 맞힐지 궁금한 모양이군. 좋아, 조만간 다 같이 한번 가자고."

잠시 분자요리에 대해 이야기를 나누던 그들은 이제 다시

고 셰프의 칼조네 이야기로 돌아왔다.

"아, 호검아, 넌 이 칼조네 어땠어? 뭐, 일단 나랑 차 강사가 좋다고 했으니까 통과된 거긴 하지만 말이야."

민석이 고 셰프 대신 물었다.

"저도 맛있었어요. 여기 들어간 양배추 피클이 식감도 살리고 맛도 더 살리는 것 같아요. 차 강사님 말대로 여자들이 좋아할 것 같네요."

새로 개발한 고 셰프의 칼조네가 만장일치로 통과되자 고 셰프는 기쁨을 감추지 못하고 신이 나서 외쳤다.

"좋아! 아주 좋아! 바로 신메뉴로 등록해야지!"

그는 사실 이전에 두 번이나 새로운 메뉴를 수정과 민석에게 퇴짜 맞았기에 내심 걱정했는데 만장일치로 맛있다는 평을 들으니 굉장히 기뻤던 것이다.

"아, 차 강사, 이거 마저 먹어. 아예 하나 더 만들어줄까?"

고 셰프의 물음에 수정이 살짝 고개를 끄덕이며 대답하더니 이어 물었다.

"네. 그런데 남으면 제가 좀 가져가도 돼요?"

"으하하하! 그럼, 당연하지! 내가 아예 가져갈 거 하나 따로 만들어줄게."

고 셰프는 수정이 가져가고 싶다고 하자 크게 웃으며 매우 좋아했다. 싸가지고 가고 싶을 정도로 굉장히 맛있다는 말이니까 말이다.

그런데 속으로 더 기뻐하고 있는 사람이 있었으니 그건 바로 호검이었다. 감각이 예민하게 발달되었다는 것을 확실히 알게 되었기 때문이다. 그리고 이건 그의 요리 실력 성장을 빠르게 해줄 것이다.

그날 모든 수업이 끝나고 호검의 퇴근 시간이 되자, 민석이 아버지가 남긴 쪽지에 적혀 있는 사람들의 연락처를 적어주었다.

"그 친구들한테 연락할 때 나도 잘 아는 아저씨라고 해. 그럼 아마도 잘해줄 거야."

"네, 감사합니다."

호검은 민석에게는 알겠다고 했지만, 사실 그는 그 요리사들을 찾아가더라도 아버지나 민석과의 친분을 말하지 않을 생각이었다. 괜히 특별 대우를 받고 싶지도 않거니와 그 사람들이 아버지와 어떤 사이였는지 정확히 알 수 없었기 때문이다.

"근데 일단 이태리 요리를 다 배우고 차근차근 다른 요리도 배워 나가는 게 좋지 않겠어?"

민석이 뒤돌아 나가려는 호검에게 물었다. 그러자 호검이 돌아서며 대답했다.

"그럼요. 저도 여기 수업 다 마치고 다른 거 배우러 갈 거예요."

"참, 다음 주부터 파스타랑 피자 수업 들으면 되고, 메인 요리 클래스는 다다음 주에 개설하는 걸로 일정 잡혔어. 내가 레시피 준비하느라 좀 시간이 걸렸는데 거의 다 되었거든."

"와, 잘됐네요. 저도 그거 빨리 수업 듣고 싶었는데. 메인 요리면 주로 스테이크 같은 고기 요리죠?"

"응, 맞아. 바닷가재, 오리고기, 소고기, 양고기 등등 많아. 내가 골고루 다 배우도록 레시피 짜놨으니까 재밌을 거야."

"빨리 배우고 싶네요!"

호검은 기대감에 들떠 활짝 웃어 보였다.

"그럼 저는 이만 가보겠습니다."

호검은 민석에게 인사를 하고 고 셰프에게도 꾸벅 인사를 했다. 그러자 고 셰프가 호검에게 친근하게 손을 흔들며 말했다.

"그래, 잘 가. 내일 보자고."

"네, 내일 뵙겠습니다."

호검은 변한 고 셰프의 태도에 기분이 좋아져 다시 한 번 인사했다.

'오, 아까 내가 재료 맞힌 걸 좋게 봐주셨나?'

고 셰프는 사실 자신이 데려온 보조 강사 후보 대신 호검이 보조 강사가 되어 못마땅했지만, 이날 일을 계기로 호검의 뛰어난 감각을 알게 되면서 호검에게 호의적으로 변했다.

*　　　*　　　*

며칠 후 일요일, 오늘은 호검이 학원에 나가는 날이 아니었지만 아침부터 분주하게 움직이고 있었다. 그는 가방을 챙기다가 아일랜드 식탁으로 다가갔다. 그리고 서랍에서 칼 세트가 든 가죽 가방을 꺼냈다.

'이거 가져가는 게 좋겠지?'

호검은 자신의 백팩에 칼 세트를 챙겼다.

외출 준비를 모두 마친 그는 마지막으로 화장대 서랍에서 요리사의 돌을 꺼냈다.

"오늘 잘 부탁한다."

호검은 요리사의 돌을 꼬옥 쥐며 중얼거리곤 주머니에 돌을 고이 챙겨 넣고 집을 나섰다.

호검이 버스를 타고 도착한 곳은 바로 K호텔.

오늘은 바로 K호텔 요리 대회가 있는 날이었다. K호텔 요리 대회는 대회 당일 제공되는 재료들로 즉석에서 새로운 메뉴를 만들어내는 대회였기에 호검은 요리사의 돌을 시험해 볼 겸 이 대회에 참가하기로 했다.

게다가 상금까지 주는 대회이니 여러 가지로 호검에게 좋은 기회였다.

K호텔에 도착하니 호텔 앞에는 'K호텔 요리 대회'라고 적힌 커다란 플래카드가 걸려 있었다. 그리고 요리사로 보이는 사람들이 하나둘씩 K호텔로 들어가고 있었다. K호텔의 프런트 앞쪽에는 요리 대회가 열리는 장소를 알려주는 팻말이 놓여 있었다.

호검은 팻말에 적힌 대로 지하 1층에 있는 제2주방으로 내려갔다.

보통 요리 대회에는 각자 조리복과 조리 도구 등을 준비해야 하는데, 조리복은 호텔 측에서 제공해 준다고 되어 있었다. 조리 도구 준비도 K호텔 요리 대회가 호텔 주방에서 열려서 그런지 선택 사항이었다. 그래도 호검은 칼은 가져가는 것이 좋을 것 같아서 개인 칼은 챙겨 온 것이다.

호검이 대회가 열리는 제2주방으로 들어서자 안내 요원이 호검에게 조리복을 건네주었다. 호검은 자신이 대회에 신청하면서 부여받은 번호가 적혀 있는 조리대를 찾아 자리를 잡았다. 그는 곧 새 조리복을 착용하고 가방에서 칼 세트를 꺼내 조리대 위에 펼쳐놓았다.

시간 여유가 있게 대회장에 입장했기에 호검은 이리저리 둘러보며 내부 분위기를 익혔다. 대회장 안에는 안내 요원이 여러 명 있었고, 앞쪽 긴 식탁 위에는 무언가가 잔뜩 놓여 있었는데 흰 천으로 덮여 있었다.

'아, 저 안에 재료가 있나 보구나. 무슨 재료들이 있으려나?'

호검은 투시라도 해보려는 듯 재료를 덮고 있는 흰 천을 뚫어져라 쳐다보았다.

9. K호텔 요리 대회I

하나둘씩 대회에 참가하는 사람들이 입장하고, 대회 시작 10분 전에는 제2주방이 거의 꽉 찼다. 대회에 참가하는 사람 수가 70명은 족히 넘어 보였다.

'와, 이런 대회도 사람들이 많이 참여하는구나.'

주변을 둘러보니 꽤 많은 참가자들이 자신만의 조리 도구를 챙겨 온 듯했다. 특히 호검 옆자리의 삭발을 한 요리사는 철로 된 칼 가방을 들고 와 자신의 조리대 위에 칼을 여러 개 꺼내 올려놓았는데, 인상도 그렇고 덩치도 좋아서 약간 무서워 보이기까지 했다.

대회 시작 5분 전이 되자, 현재 K호텔의 총주방장인 유성후 세프가 세프 네 명을 데리고 대회장으로 들어왔다. 유성후 세프는 먼저 참가한 사람들에게 인사를 건네고 곧바로 이번 대회에 대해 설명했다.

"이번 대회는 아시다시피 여기 앞에 준비된 재료들로 요리를 만들어주시면 됩니다. 기본적으로 입상한 요리는 저희 호텔 뷔페에서 단기 메뉴로 선보이게 되고요, 요리의 이름에 요리사의 이름을 함께 표기해 드립니다. 먼저 심사 위원은 저와 여기 계신 세프 네 명입니다. 심사 기준은 식재료의 조화와 맛, 독창성, 조리 과정, 디스플레이, 뷔페 음식으로서의 실용성, 이렇게 다섯 가지입니다."

유성후 세프는 함께 들어온 세프들을 소개하며 심사 기준도 함께 설명했다. 그리고 계속해서 말을 이었다.

"음, 그럼 이번 요리 대회의 주제는……."

유 세프의 입에서 주제라는 말이 나오자 참가자들이 긴장한 표정으로 그를 응시했다.

"메인 요리 같은 파스타 요리입니다."

호검은 파스타 요리라는 말에 얼굴에 화색이 돌았다. 자신이 마침 파스타 요리를 막 배우려 하고 있지 않은가. 물론 아직 수업을 들은 것은 아니지만 어느 정도 이론도 알고 있고 재료와 맛도 익혀서 알고 있으니 호검에게 꽤 유리한 요리 주제 같았다.

'메인 요리 같은 파스타 요리라면 프리모와 세콘도를 섞으라는 말인가?'

호검은 파스타 이론 교재에 간단히 나와 있던 이탈리아 요리의 코스를 떠올렸다.

안티파스토(Anitpasto)—식욕을 돋우는 식전 요리.

프리모 피아토(Primo Piatto)—'첫 번째 접시'라는 뜻으로 파스타, 리소또, 뇨끼 요리 등. 메인 요리를 먹기 전에 먹는 것.

세콘도 피아토(Secondo Piatto)—'두 번째 접시'라는 뜻으로 육류나 생선 요리 등의 메인 요리. 세콘도 피아토를 먹을 때는 콘토르노(Contorno)라고 샐러드나 야채 요리를 곁들여 먹음.

포르마지오(Formaggio)—치즈 코스.

돌체(Dolce)—디저트.

보통 우리나라에서는 파스타 그 자체를 한 끼 식사로 하기 때문에 메인 요리로서의 파스타를 만들라는 것 같았다. 아무튼 호검은 조금은 익숙한 파스타 요리가 주제로 나와서 마음이 놓였다. 그리고 그의 바지 주머니 속엔 요리사의 돌도 있었다.

호검은 바지 주머니에 들어 있는 돌을 오른손으로 슬쩍 쓰다듬으며 미소를 지었다.

요리 주제 발표 후 대회장 내에 조금 웅성거리는 소리가 들리다가 이내 조용해지자 유 세프가 이어 말했다.

"요리 시간은 총 두 시간 십 분입니다. 앞의 재료들을 활용해서 파스타 요리를 만들어주시면 됩니다. 완성된 요리는 여기 앞쪽 테이블에 가져다 놓아주시고, 자신의 번호가 적힌 종이도 함께 놓아주시면 됩니다. 자, 그럼 요리 재료를 공개하겠습니다."

유 세프의 말이 끝나기가 무섭게 앞쪽 테이블을 덮고 있던 천을 양쪽의 안내 요원들이 걷어냈다. 그러자 테이블의 위의 요리 재료가 그 모습을 드러냈다. 앞쪽 벽에는 테이블 위의 요리 재료가 무엇무엇인지 한눈에 알 수 있도록 재료의 목록을 적은 커다란 종이가 붙여졌다.

"자, 여기 테이블 위에 있는 재료가 모자라면 안내 요원들에게 말씀해 주시면 재료를 더 가져다 드릴 거고요, 조리 도구는 각자의 조리대 위쪽에 걸려 있습니다. 칼은 그 위에 보이시죠? 아, 먼저 재료 확인하실 시간 10분 드리겠습니다. 재료는 이쪽에 놓인 바구니를 이용해서 담아 가시면 됩니다."

재료가 공개되자 참가자들은 먼저 재료 목록을 확인하고 이어 앞쪽으로 나와서 재료들을 눈으로 직접 확인했다. 일부 참가자들은 벌써 어떤 메뉴를 할지 정했는지 재료를 보면서 연신 메모를 했다.

호검은 우선 목록의 재료들을 하나씩 확인 중이다. 그런데 다른 것들은 다 한 번은 들어본 재료였는데, 그중에 모르는 이름이 하나 있었다.

'엔다이브? 저건 뭐지?'

호검은 처음 보는 이름에 궁금해하며 앞쪽 테이블로 나왔다.

일단 파스타 면은 스파게티니, 페투치네, 펜네가 준비되어 있었다. 그리고 기본적인 세 가지 파스타 소스를 만들 수 있는 재료인 생크림과 토마토홀, 올리브 오일, 버터가 있었다.

'고추장이랑 두반장도 있네? 굴소스도?'

퓨전식 파스타도 가능하다는 뜻인지 테이블 한쪽에는 고추장이나 두반장 같은 전통 이태리식 소스 재료가 아닌 한국이나 중국의 소스도 함께 놓여 있었다.

호검은 소스들을 확인하고 이어 야채들을 하나씩 보면서 자신이 못 보던 재료가 있는지 찾아보았다.

'엔다이브… 야채 이름인 것 같은데……. 이건 아스파라거스고…….'

테이블 가운데 여러 개의 바구니에 나뉘어 담겨 있는 야채들은 아스파라거스, 가지, 주키니 호박, 적채, 감자, 고구마, 양파, 마늘 등이었다.

'마늘은 기본이지. 우리나라 음식도 그렇지만 파스타에도

마늘이 안 들어가면 그 맛이 안 나니까. 은근 우리나라랑 비슷해.'

호검은 항상 필요한 재료인 마늘을 먼저 챙겼고, 다른 야채들을 둘러보다가 자신이 이름을 모르는 작은 알배추처럼 생긴 야채를 발견했다.

'이게 엔다이브인가 본데? 배추랑 비슷하네.'

일단 호검은 엔다이브를 조금 챙겼다. 그리고 엔다이브의 끝부분을 조금 떼어 맛을 보았다. 배추보다 아삭한데 단맛은 덜하고 살짝 쌉싸래한 맛이다.

호검이 느끼기에 엔다이브라는 이 야채는 샐러드용으로 사용하는 것 같았다. 그래도 샐러드용이라고 해서 익혀서 먹지 말라는 법은 없으니 파스타의 부재료로서의 사용 가능성은 열어두기로 했다.

엔다이브 맛을 본 후 호검은 옆쪽에 준비된 향신료를 살펴보았다. 이태리 요리에 주로 쓰이는 향신료인 바질, 파슬리, 타임, 오레가노, 로즈마리, 후추 등과 이탈리아의 매운 고추인 페페론치노도 있었다. 이 허브 잎들은 일부는 건조된 상태가 아닌 생으로 준비되어 있어서 잎을 본 적이 없는 사람이면 뭐가 뭔지 알 수 없을 것이다.

하지만 호검은 파스타 교재에서 허브들의 실제 생김새를 보았기에 허브 잎들을 구분할 수 있었다.

'바질은 무조건 필요하지. 파스타는 바질 향이 나야 뭔가 더 맛있는 느낌이 나니까.'

호검이 파스타 집을 이곳저곳 다니면서 먹어본 바로는 파스타에서 바질과 마늘이 빠지면 파스타 맛이 안 난다고 할 정도로 중요했다.

호검은 아직 무얼 만들지 결정하지도 않았는데 일단 생바질 잎을 챙겼다.

또한 그 옆에는 고기 요리에서 잡내를 잡아주기 위한 화이트와인과 레드와인이 여러 병에 적당량으로 나눠져 담겨 있었다.

치즈 종류는 파르미지아노 레지아노와 모차렐라 치즈 단 두 가지만 있었는데, 기본적으로 이 둘은 한국 사람들의 입맛에 가장 익숙한 치즈였다.

마지막으로 호검은 메인 요리에 주로 쓰이는 재료들 앞으로 갔다. 바닷가재, 양고기, 새우가 준비되어 있었는데, 호검은 그 재료들을 보고 조금 난감해졌다.

'윽! 바닷가재 손질을 한 번도 안 해봤는데……. 양고기는 누린내가 난다고 들어보기만 했지 어떻게 요리해야 누린내가 없어지는지도 모르고. 그럼 남은 건 새우인데…….'

호검은 바닷가재를 손질은커녕 아직 한 번도 먹어본 적이 없었다. 양고기도 마찬가지였다. 양고기 냄새를 없애는 방법을 모를 뿐만 아니라 이것도 먹어본 적이 없었다. 일반적인 소고기, 돼지고기, 닭고기 이런 재료였으면 훨씬 수월했을 텐데.

하지만 그래도 호검에게는 요리사의 돌이 있었다. 호검은 돌이 알아서 알려줄 것이라고 생각하니 걱정이 좀 사라졌다.

그때, 유 셰프가 다시 입을 열었다.

"자, 식재료는 다 확인하셨죠? 그럼 이제 본격적으로 요리를 시작해 주시기 바랍니다."

식재료를 다 확인한 참가자들은 하나둘씩 자리로 돌아갔고, 호검도 일단 다시 자리로 돌아왔다.

"후우."

그는 크게 심호흡을 하고 주머니에 손을 집어넣었다. 그리고 돌을 꼭 쥐고 더 집중이 잘되게 하기 위해 눈을 감았다. 그리고 속으로 주문을 외우듯 중얼거렸다.

"메인 요리 같은 파스타 요리……."

잠시 후, 호검은 레시피가 떠올랐는지 눈을 번쩍 떴다. 그런데 그의 표정이 그다지 밝지 않았다. 그는 당장 재료를 가져오지 않고 자신의 조리대 앞에서 살짝 미간을 찌푸린 채 그대로 서 있었다.

*　　　*　　　*

굳은 표정으로 서 있던 호검이 고개를 갸웃거렸다.

'이게 저 재료로 할 수 있는 최상의 레시피 맞아?'

호검의 머릿속에 떠오른 돌이 알려준 레시피는 새우를 활용한 파스타 요리였다. 그런데 사실 호검은 내심 바닷가재를 활용한 레시피가 나오길 바라고 있었다. 호검의 생각에 새우보다는 바닷가재나 양고기를 활용해야 뭔가 더 이목을 끌 수 있을 것 같았기 때문이다.

물론 호검이 바닷가재로 요리를 해본 적은 없지만, 그거야 요리사의 돌이 알려줄 것이라 생각했다.

'다시 한 번 해보자.'

호검은 다시 한 번 두 눈을 감고 주머니 속의 요리사의 돌을 꼬옥 쥐었다.

"으흠……."

하지만 이번에 떠오른 레시피도 역시나 방금 전 레시피와 동일한 것이었다. 호검은 하는 수 없이 요리사의 돌을 믿어보기로 했다. 그는 앞쪽의 재료가 놓인 테이블로 가서 요리사의 돌이 알려준 레시피대로 필요한 재료들을 챙겨 왔다.

호검은 왕새우 다섯 마리와 껍질이 모두 제거되어 있는 작은 새우도 한 움큼 담았다. 바질 잎과 마늘은 이미 가져다 두었으니 그 외의 다른 재료들을 챙겼다. 그는 화이트와인과 가지, 주키니 호박, 오레가노, 페페론치노, 페투치네, 생모차렐라 치즈, 토마토홀, 버터, 양파를 바구니에 담아 자신의 자리로 돌아왔다.

그런데 그때 한 참가자가 손을 번쩍 들더니 질문했다.

"저, 레몬즙 같은 것은 추가로 구할 수 없습니까?"

"아, 거기 조리대 위에 설탕과 소금 같은 기본양념들은 있죠? 그것들 말고 주재료가 아닌 양념으로 필요한 것들은 안내 요원들에게 말씀하시면 구해 드릴 겁니다. 아주 특이한 양념이 아닌 이상에는요."

유 셰프가 답변해 주자, 여기저기서 참가자들이 손을 들고 안내 요원들에게 이것저것 필요한 양념들을 요구했다.

호텔 주방이라 웬만한 양념은 다 구비되어 있었기에 안내 요원들은 참가자들이 원하는 양념을 대부분 금방 준비해 주었다.

호검도 레몬즙이 필요할 것 같아서 물어보려는 참이었기에 안내 요원에게 말해 레몬즙을 얻었다.

그는 본격적으로 요리를 시작하기 전에 먼저 파스타 면을 끓일 물을 얹었다. 그리고 면을 넣었을 때 간이 적절히 밸 수 있도록 미리 물에 소금을 적당량 넣었다.

사실 호검이 처음으로 카르보나라를 만들어 먹었을 때 파스타 교재에는 면을 끓이는 물에 소금을 넣으라고 적혀 있지 않아서 그냥 맹물에 끓였다. 그런데 보조 강사를 시작하면서 전문가가 만드는 걸 보니 교재에 적혀 있는 레시피는 상당히 간소화된 조리법이었다. 요리에 있어 좀 더 세세하게 배워야 할 부분은 민석이 직접 가르쳐 주었다. 물에 소금을 넣어야 한다는 것도 수업 시간에 배운 것이었다.

우리나라의 국수는 이미 간이 되어 나오지만, 파스타 면에는 간이 거의 안 되어 있기 때문에 소금물에 끓여야 한다는 것이었다.

'음, 다음으로……'

호검은 머릿속에서 레시피의 순서를 떠올렸다.

'그래, 새우부터.'

호검은 물이 끓는 동안 새우를 손질했다. 그는 왕새우 머리와 껍질을 깠는데 예전에 새우로 여러 가지 요리를 해 먹어본 적이 있어서 손놀림이 제법 능숙했다. 그는 이어 새우 등 쪽의 내장을 제거하고 새우를 절반으로 갈라 껍질을 떼어낸 후 살을 한쪽에 분리해 두었다. 그리고 새우 머리와 껍질은 빈 냄비에 넣었다.

호검은 새우 머리와 깐 껍질을 넣은 냄비에 토마토홀, 버터, 올리브 오일, 양파, 마늘, 바질, 오레가노를 다 함께 넣고 볶기 시작했다. 그는 새우 머리에 있는 내장이 잘 빠져나오도록 주걱으로 새우 머리를 꾹꾹 눌러가며 볶았다.

그리고 고소한 냄새와 함께 새우 껍질과 머리가 모두 붉게

변하자 레몬즙과 화이트와인을 넣어 풍미를 더해주었다. 와인의 알코올이 좀 날아가자 마지막으로 그는 생크림을 조금 넣고 소금과 후추로 간을 한 후 새우의 맛이 더 우러나오도록 불을 줄이고 졸여주었다.

호검은 졸여지고 있는 냄비 위에서 손을 휘저어 새우 내장 소스의 향을 맡았다.

'냄새 좋은데! 맛있겠다!'

호검은 이 새우 내장 소스의 향을 맡아보니 요리사의 돌이 알려준 레시피에 대한 자신감이 생겼다.

그때, 요리사들의 조리 과정을 둘러보며 돌아다니던 심사 위원 중에 하나가 지나가다가 호검이 새우 소스의 향을 맡는 것을 보았다. 그는 호검이 무슨 냄새를 맡는지 궁금했던지 가까이 다가와 호검처럼 냄비 위에서 손을 휘저어 냄새를 맡아보았다. 호검이 슬쩍 눈치를 보자 심사 위원은 고개를 끄덕이며 괜찮다는 듯 미소를 지어 보이고는 다른 쪽으로 이동했다. 호검은 심사 위원의 좋은 반응에 기분이 좋아서 저절로 입꼬리가 올라갔다.

'괜찮은가 봐! 좋아, 좋아!'

그사이 물이 끓었고, 호검은 페투치네 면을 끓는 물에 넣었다. 이어 그는 소금을 뿌려 수분을 제거해 둔, 어슷하게 썬 가지와 주키니 호박을 올리브 오일에 튀기듯 구워냈다. 그리고 아까 손질해 둔 새우도 올리브 오일에 구워 따로 접시에 담아 두었다.

이제 그는 팬에 다시 올리브 오일을 두르고 마늘을 넣었다. 그리고 어느 정도 마늘 향이 올리브 오일에 배어 나오자 이번엔 새빨간 고추인 페페론치노를 넣으려고 했다. 그런데 페페론치노가 얼마만큼 매운지 먹어보지 않아서 정확히 알 수가 없었다.

'이거 조그만데 얼마나 매우려나? 그렇다고 먹어볼 수도 없고.'

페페론치노는 손가락 한 마디 정도로 작은 크기에 말린 상태여서 먹어보기도 곤란했고, 먹어봐도 음식에 넣었을 때 얼마만큼 우러나올지 모르니 난감했다. 요리사의 돌은 레시피를 알려주긴 하지만 적정량은 호검 스스로 알아서 해야 하기 때문에 그가 경험하지 못한 것은 적정량을 알 수가 없었다.

'일단 조금만 넣고 나중에 모자라면 추가해야지.'

호검은 페페론치노를 일단 세 개만 팬에 넣었다. 그리고 새우 머리와 껍질을 넣어 끓인 소스를 체에 거른 후 팬에 부었다.

곧 페투치네 면이 다 익었고, 그는 곧바로 팬에 페투치네 면을 넣어 소스가 잘 배도록 볶아주었다.

페투치네 면에 소스가 잘 스며들었을 때쯤 호검은 소스의 매운 정도를 파악하기 위해 맛을 보았다.

'오, 딱 좋아! 역시 뭔가 감이 생겼다니까!'

이제 호검은 접시에 파스타를 담기만 하면 된다. 그는 다양한 접시 중에서 마치 챙이 있는 모자를 뒤집어놓은 것처럼 생긴 접시를 골라 왔다.

호검은 이 오목한 파스타 접시에 소스가 잘 밴 페투치네 면을 먼저 담았다. 그리고 남은 소스를 부어주고는 그 위에 가지, 호박, 새우를 차례로 겹쳐서 링처럼 보이도록 얹었다. 면 위에 올린 가지, 호박, 새우는 마치 프랑스 요리인 라따뚜이처럼 보였다.

그는 마지막으로 가지, 호박, 새우로 만든 링 모양의 한가운데에 생모차렐라 치즈를 잘게 잘라 뿌리고 그 위에 바질 잎을 올려 플레이팅을 마무리했다.

호검의 새우 소스 페투치네는 1시간 30분 만에 완성되었다.

그는 완성된 파스타를 앞쪽으로 들고 나갔다. 다른 참가자들도 하나둘씩 각자의 요리를 완성해서 앞에 가져다 놓고 있었는데, 호검이 자신의 파스타를 출품하기 위해 앞으로 가보니 벌써 한 열 개 정도가 출품되어 있었다.

호검이 자신의 새우소스 페투치네를 출품 테이블에 내려놓자, 앞에 있던 안내 요원들의 눈이 휘둥그레지며 수군거렸다.

"라따뚜이 같다!"

"오, 완전 맛있어 보이는데?"

"색깔 조합이 진짜 예쁘다!"

그들의 반응은 호검으로 하여금 수상을 기대하게 했고, 그에 따라 저절로 입꼬리가 실룩거렸다.

호검이 보기에도 그의 새우 소스 페투치네는 색상 조합이 굉장히 좋았다. 물론 그건 요리사의 돌이 보여준 완성된 요리의 모습 그대로를 재현해 낸 플레이팅이었다.

호검은 속으로는 어깨가 으쓱했지만, 겉으로는 태연한 척하고 다른 출품 요리들을 구경했다.

'역시 바닷가재를 활용한 요리가 제일 많네.'

바닷가재, 양고기, 새우를 모두 사용해서 파스타를 만든 참가자도 있었고, 바닷가재 살로 바닷가재 데커레이션을 한 참가자도 있었다.

호검이 출품된 요리를 다 둘러보고 자기 자리로 돌아오는데, 아까 자신의 옆자리에 있던 삭발한 요리사가 그 커다란 손으로 조심스럽게 플레이팅을 하고 있는 모습이 보였다.

'와, 보기보다 되게 섬세한 사람인가 보네.'

삭발한 요리사는 파스타 위에 요리용 핀셋으로 얇게 저민 양고기를 집어 조심스럽게 양 갈비뼈 위에 겹쳐서 얹고 있었다. 먹기 편하게 양갈비의 살은 바르고 뼈는 데코로 사용한 듯했다.

호검은 자리로 돌아와 자신의 자리를 정리하면서 슬쩍슬쩍 다른 요리사들이 만들고 있는 파스타를 살펴보았다.

호검이 이리저리 눈을 굴리며 다른 사람들의 요리를 살펴보고 있는데, 대회장 앞쪽 어딘가에서 접시 깨지는 소리가 들려왔다.

쨍그랑!

"어머! 어떡해!"

대회장 내의 모든 사람의 시선이 소리가 난 쪽으로 집중되었다. 호검도 놀라 고개를 쭉 빼고 앞쪽을 쳐다보았다.

* * *

호검이 앞을 보니 바닥에 깨진 접시와 함께 파스타와 야채가 널브러져 있다.

'뭐야? 설마……?'

앞쪽에서 접시가 깨지자 요리를 이미 출품한 참가자들이 깨진 접시가 자신의 요리일까 봐 깜짝 놀라 앞으로 몰려들었다.

호검도 얼른 앞으로 다가가서 상황을 살폈다. 보니 한 여성 참가자가 자신의 요리를 들고 나오다가 접시를 떨어뜨린 듯했다.

다른 참가자들은 자신의 요리가 아닌 걸 확인하고는 모두 안도하는 듯한 표정이었다. 그러다 이내 접시를 떨어뜨린 여성 참가자를 다들 안타까운 눈으로 쳐다보았다. 하지만 그 여성 참가자는 의외로 담담한 표정이었다.

"아, 이거 어떡하죠? 이거 좀 치우게 도와주시겠어요?"

여성 참가자는 안내 요원들에게 도움을 요청했다. 안내 요원들이 깨진 접시와 떨어진 요리를 함께 치워주려고 그녀에게 달려왔다. 그리고 그중 한 안내 요원이 그녀에게 위로의 말을 건넸다.

"이거 출품을 못 해서 어떡해요."

"괜찮아요. 이건 제가 시간이 좀 남아서 추가로 만들어본 거예요. 이미 하나는 출품해서 저기 있어요."

여자는 옅은 미소를 띠며 출품된 요리들이 쭉 놓여 있는 테이블의 한쪽을 가리켰다. 호검은 유심히 그녀를 보고 있다가 그녀의 손가락이 가리키는 요리를 쳐다보았다. 그녀가 가리킨 요리 앞에 그녀의 번호와 이름이 적혀 있었다.

'13번 오유림?'

호검은 가까이 다가가서 오유림의 요리를 살펴보았다. 그녀는 바닷가재 껍질 안에 바닷가재 살과 파스타를 채워 넣은 요리를 출품했다.

'아스파라거스를 곁들인 바닷가재 페투치네, 맛있어 보인다.'

유림의 요리는 붉은색 바닷가재 껍질과 노란 빛깔의 소스, 그리고 초록 빛깔의 아스파라거스가 어우러져 색깔 조합도 좋고 바닷가재 껍질 안에 소복이 담긴 파스타가 먹음직스러워 보였다.

잠시 후, 소란이 정리되고 바닥도 정리가 다 되었다. 그러자 유 셰프가 입을 열었다.

"자, 종료 10분 전입니다. 마무리해 주세요."

요리 시간을 넉넉하게 준 터라 대부분의 참가자는 이미 요리를 모두 출품했고, 마지막 남은 한두 명도 이제 접시를 들고 앞으로 나오고 있었다.

마지막 참가자까지 출품을 마치자, 유 셰프는 곧바로 시식에 들어가겠다고 선언했다. 심사 위원들은 각자 접시와 포크를 들고 출품된 요리 주변을 돌며 음식들을 평가하기 시작했다.

그들은 먼저 플레이팅을 눈으로 확인하고 향을 맡아본 후 요리를 조금씩 떠서 맛을 보았다. 그리고 평가지에 무언가를 표시하고 메모를 했다.

자신의 조리대 정리가 덜 된 참가자들은 정리를 하면서 힐끔힐끔 심사 위원들이 평가하는 모습을 지켜보았다. 특히 그들이 자신의 요리를 시식할 때는 하던 동작을 멈추고 긴장된 표정으로 심사 위원들의 표정을 살폈다.

이미 자신의 자리를 모두 정리한 호검은 자리에서 목을 길게 빼고 심사 위원들이 평가하는 모습을 구경하고 있었다.

그리고 드디어 호검의 요리를 시식할 차례가 되었다.

'음, 맛있어야 할 텐데……'

자신의 요리가 시식될 차례가 되자 호검도 다른 참가자들처럼 긴장해서 침을 꼴깍 삼켰다.

일단 다행히도 호검의 새우 소스 페투치네의 플레이팅을 본 심사위원단의 표정은 굉장히 밝았다. 그중 한 여자 심사 위원은 맛도 보기 전에 호검의 플레이팅이 매우 마음에 든 듯 활짝 웃었고, 주변 심사 위원들에게 뭐라고 속삭이기까지 했다. 그러자 주변 심사 위원들도 고개를 끄덕이며 동조했고, 이어진 시식에서도 심사 위원들은 서로 눈을 맞추며 고개를 연신 끄덕였다.

'오, 지금까지 시식한 요리 중에서 반응이 제일 괜찮은 것 같은데? 좋았어!'

심사 위원들은 호검의 요리 앞에서 꽤 오래 머물러 있었다. 그들은 어떤 요리는 여러 번 시식하기도 하고 또 어떤 요리는 딱 한 입만 먹어보기도 했는데, 호검의 요리는 파스타 소스도 따로 맛보고 위에 데커레이션처럼 얹은 야채도 따로 맛보았다. 심사 위원들이 여러 번 맛을 본다는 건 아무래도 긍정적인 반응에 가까웠다.

호검의 요리 이후로 심사위원단이 눈에 띄는 반응을 보인 건 손에 꼽을 정도였다. 사실 재료가 한정되어 있다 보니 호검이 보기에도 비슷비슷한 요리들이 많았다.

아까 호검이 요리를 가져다 놓을 때 이미 출품된 열 개 정도의 요리에서는 바닷가재를 활용한 요리가 많았지만, 전체 요리가 다 출품된 후 보니 토마토소스 베이스에 새우가 주재료로 들어간 파스타가 굉장히 많았다. 물론 만든 요리사에 따라 맛이 다르겠지만, 기본적으로 그다지 신선하지 않은 레시피였다.

호검도 주재료를 새우로 선택했기에 조금 불안한 마음이 들긴 했지만, 그래도 소스가 전혀 달라서 다행이었다.

'요리사의 돌이 주재료로 바닷가재를 선택했으면 더 좋았을 텐데…….'

심사위원단이 마지막 요리까지 모두 맛을 보고 나자, 유 셰프가 다시 말문을 열었다.

"자, 20분 후에 심사 발표가 있겠습니다. 참가자들은 모두 밖으로 나가서 대기해 주세요."

유 셰프의 말이 끝나자 참가자들이 우르르 바깥으로 나갔다. 참가자들은 바깥으로 나가서 서로의 요리에 대해 대화를 나누거나 심사 결과를 예측해 보기도 했다.

"아까 접시 엎은 그분 거 봤어? 심사 위원들 반응이 괜찮던데?"

"맞아. 내가 봐도 맛있어 보이더라. 플레이팅도 괜찮고."

"바닷가잰데, 당근 맛있을 것 같아."

"근데 플레이팅은 그 라따뚜이가 대박이지 않아?"

호검의 라따뚜이처럼 야채를 겹쳐서 링 모양으로 한 플레이팅이 꽤 인상 깊었는지 여러 참가자들이 호검의 요리에 대해 이야기하고 있었다. 호검은 그저 옅은 미소만 띠고 그들의 곁에 서 있었는데, 그때 호검의 옆자리에 있던 삭발의 요리사가 호검에게 다가와 말을 걸었다.

"안녕하세요. 성함이… 강호검 씨 맞으시죠? 그 라따뚜이……."

"아, 네, 맞습니다. 안녕하세요."

10. K호텔 요리 대회 II

"전 문재석이라고 합니다. 반갑습니다."

"반갑습니다. 양고기를 곁들인 파스타 만드셨죠?"

"오, 보셨어요?"

"네, 되게 손놀림이 섬세하시더라고요. 플레이팅하실 때 잠깐 봤거든요."

"하핫, 제가 좀 보기와는 다르죠? 다들 보기엔 조폭같이 생겼는데 요리하는 건 딴판이라고들 하더라고요. 제가 머리가 이래서……."

문재석이 자신의 삭발한 머리를 쓰다듬으며 멋쩍게 말했다.

그는 머리카락이 음식에 들어갈까 봐 삭발을 했다고 했다. 사실 삭발한 모습을 보고 호검도 대충 짐작은 했는데, 진짜 그렇다고 하니 요리에 대한 그의 열정이 남달라 보였다. 하긴 아까 플레이팅을 그리 섬세하게 공들여 하는 모습에서도 그의 열정이 느껴졌지만 말이다.

또한 그의 우람한 팔뚝은 요리할 때 팔 힘이 중요할 것 같아서 일부러 팔 운동을 주로 해서 그렇게 되었단다.

"호검 씨는 어디서 일해요? 무슨 요리 하냐구요."

"아, 전 보쌈집 했었는데 지금은 파스타 배우는 중이에요. 배우기 시작한 지도 얼마 안 되었구요."

"그래요? 오늘 요리 보니까 장난 아니던데. 난 무슨 파스타 전문점 같은 데서 오래 일하셨나 했어요."

"아하하, 감사합니다. 근데 재석 씨는 어떤 요리 하셨어요?"

"전 중국 요리요. 지금은 좀 규모 있는 중식당에서 일해요."

"아, 그래서… 아까 굴소스 쓰시는 것 같던데?"

"맞아요. 퓨전식으로 만들어봤죠."

"전 아직 배운 게 별로 없어서 퓨전은 잘 못 해요."

"퓨전이 뭐 별건가요? 대충 섞어서 '퓨전입니다' 하면 퓨전이죠. 하하하!"

"아, 그런가요? 하하!"

재석은 호탕하게 웃었고, 그 모습에 호검도 저절로 웃음이 났다.

'사람이 참 좋아 보이네. 요리에 대한 열정도 많고.'

호검은 재석이 30대 중반 정도는 되는 줄 알았는데 알고 보니 재석의 나이는 스물여덟이었다.

"아, 형이시구나. 전 스물다섯이에요."

"와, 어린데 실력이 좋으시네요!"

"제가 형이라고 불러도 되죠? 형도 저한테 말 놓으세요."

"그, 그럴까?"

재석은 중식당 〈아린〉이란 곳에서 일한다고 했다. 호검이 나중에 한번 방문하겠다고 하자 재석은 자기 재량으로 꽃빵을 서비스로 주겠다고 장난스럽게 말했다.

"우리 식당이 맛집이야. 맛집으로 소문나서 한번 먹으러 갔다가 그 맛에 반해서 일하게 된 거지."

"오, 저도 꼭 한번 가봐야겠네요."

호검은 이탈리아 요리를 다 배우고 나면 중국 요리도 배울 예정이었기에 그의 말을 경청했다.

둘은 의외로 금방 친해져 심사가 발표되기 전까지 계속 대화를 주고받았다. 그리고 시간은 순식간에 흘러 드디어 유 셰프가 참가자들을 다시 불러들였다.

"자, 이제 심사 발표가 있겠습니다. 다들 들어오세요."

참가자들이 다시 제2주방 안으로 들어가자 앞쪽에 따로 떨어진 테이블 위에 요리 열 가지가 놓여 있었다. 이번 대회에서는 1, 2, 3등과 입상작 일곱 개를 뽑는다고 했기에 이 열 개의 접시는 무조건 입상작들일 것이고, 그중에 1, 2, 3등이 있을 것이다.

호검은 자신의 요리가 있는지 테이블 위를 재빨리 스캔했다. 테이블을 둘러본 그의 입가에 슬며시 미소가 번졌다. 그리고 옆에 있는 재석 또한 함박웃음을 지었다.

*　　　*　　　*

참가자들은 하나둘씩 대회장으로 들어와서 각자 자신의 요리가 입상작 중에 있는지 눈을 크게 뜨고 둘러보고 있었다. 그중 입상작을 모아둔 테이블에 자신의 요리가 있는 참가자는 기뻐했고 그렇지 않은 참가자들은 실망해서 표정이 굳기도 했다.

호검의 새우 소스 페투치네와 재석의 양고기 펜네는 기쁘게도 입상작을 모아둔 테이블의 한가운데에 나란히 놓여 있었다. 호검은 장하다는 듯 자신의 주머니에 든 요리사의 돌을 슬쩍 쓰다듬었고, 옆에 있던 재석은 호검에게 어깨동무를 하며 흥분해서 말했다.

"오! 호검아, 네 것도 있고 내 것도 있다!"

"그러게요. 잘됐어요."

둘은 서로를 바라보고 기뻐했다. 그리고 이어 호검은 그들의 요리 바로 옆에 놓인 요리에 눈이 갔다.

'아까 그 접시 깨뜨린 여자 것도 있네. 보이는 것처럼 맛도 있나 보네.'

아스파라거스를 곁들인 바닷가재 페투치네. 13번 오유림의 요리.

호검은 왠지 그녀의 요리가 입상작 중에 있을 것 같았는데 역시나 있었다.

"어? 저거 아까 그 접시 깨뜨린 여자 거지? 저 여자 실력이 예사롭지 않던데… 분명히 순위권에 들었을 거야."

재석이 호검의 귓가에 속삭였다. 입상작들이 한 테이블에 올려 있긴 했으나 등수가 표시된 것은 아니라서 아직 어떤 요리가 1등인지는 모르는 상황이다. 호검은 재석의 말에 동의한다는 듯 살짝 고개를 끄덕였고, 이어 유림을 쳐다보았다.

유림은 입상작 중에 자신의 요리가 포함되어 있는데도 아무런 반응 없이 그저 담담하게 서서 결과 발표만을 기다리고 있는 듯했다.

'되게 차분한 여자네. 하나도 안 기쁜가?'

호검은 별 표정이 없는 그녀의 반응에 신기한 듯 그녀를 물끄러미 바라보았다. 그런데 유림이 호검의 시선을 눈치챘는지 갑자기 시선을 돌려 호검과 눈이 마주쳤다. 호검이 흠칫 놀라 눈이 동그래졌는데, 유림은 당황한 호검에게 슬며시 미소를 지으며 눈웃음을 보였다.

'뭐지? 왜 저렇게 웃어?'

그녀의 다정한 눈빛에 호검은 더 당황해서 살짝 얼굴이 붉어졌고, 얼른 목례를 하고는 시선을 재석에게로 돌렸다.

호검과 재석을 포함해 자신의 요리가 입상작 테이블에 올라 있는 참가자들은 거의 앞쪽에 모여 서 있었고, 그 뒤로 다른 참가자들이 쭉 몰려 있었다. 참가자들은 서로 웅성대며 어떤 요리가 1등을 할 것 같은지 예측해 보고 있었다.

"아무래도 저기 가운데 세 개가 경합인 것 같지?"

"응. 하나는 새우, 하나는 양고기, 하나는 바닷가재니까 저거 세 개를 1, 2, 3등 줄 것 같아."

"셋 다 플레이팅이 예술이야. 다들 경력 많은 요리사들인 것 같아. 그치?"

"그러게."

유 셰프는 참가자들이 다 들어온 듯하자 이윽고 입을 열었다.

"자, 들어오면서 보셨다시피 여기 이 열 개의 요리가 입상작입니다. 이 중에서 1, 2, 3등을 지금 발표하도록 하겠습니다. 나머지 일곱 개는 자동으로 입선작이 됩니다."

웅성거리던 참가자들은 발표한다고 하자 순식간에 조용해졌다.

"먼저 3등은… 37번 문재석 참가자의 양고기 펜네입니다."

유 셰프가 3등을 발표하면서 양고기 펜네 접시 앞에 놓인 이름표에 3등 스티커를 붙였다.

"와! 축하해요, 형!"

"고마워. 하하!"

호검은 재석에게 축하 인사를 건넸고, 재석은 자신이 3등을 했다는 사실에 해맑게 웃으며 환호했다. 다른 참가자들은 재석의 환호에 다들 그가 문재석이라는 것을 알아채고 그를 향해 박수를 보내주었다.

"감사합니다! 감사합니다!"

재석은 유 셰프와 자신을 축하해 주는 다른 참가자들에게 연신 고개를 숙여 인사했다. 축하의 박수가 잦아들자 유 셰프는 심사평을 했다.

"문재석 님의 양고기 펜네는 양고기 특유의 냄새도 잡았을 뿐만 아니라 굴소스를 적절히 사용하여 특별한 크림소스를 만들어냈다는 평가입니다. 과하지도 모자라지도 않은 굴소스와 크림소스의 조화가 돋보였습니다. 중식에서 많이 쓰이는 굴소스를 활용해서 파스타 소스를 만든 것이 독창성에서 많은 점수를 받았습니다."

참가자들은 유 셰프의 설명을 고개를 끄덕이며 경청했고, 재석은 싱글벙글 웃으며 여전히 좋아하고 있었다.

"자, 그럼 다음으로 2등을 발표하겠습니다."

또다시 참가자들이 숨을 죽이고 유 셰프에게 집중했다.

"2등은 35번 강호검 참가자의 새우 소스 페투치네입니다!"

유 셰프는 발표와 동시에 아까처럼 2등 스티커를 호검의 요리 접시 앞에 놓인 이름표에 철썩 붙였다.

그런데 2등 발표에 자신의 이름이 호명되자 호검은 순간 어리둥절했다.

'요리사의 돌이 알려준 레시피가 1등이 아니라고?! 어떻게 된 거지? 뭐가⋯⋯?'

호검이 어리둥절해서 멍하니 있자, 옆에서 재석이 호검을 얼싸안으며 말했다.

"너야! 네가 2등이래! 축하해! 너 정말 실력이 대단하구나?"

"어, 어. 고마워요, 형."

호검은 재석의 격한 축하 인사를 받으면서도 얼떨떨한 표정이었다.

그는 난생처음 이런 요리 대회에서 입상을 해보는 것이기 때문에 2등을 한 것이 기쁘면서도 한편으론 아쉬웠던 것이다. 그리고 의아했다. 요리사의 돌이 가르쳐 준 레시피대로 했는데 뭐가 부족했던 걸까. 분명히 간도 맞고 맛도 좋았는데 말이다.

이번에도 참가자들은 문재석의 움직임을 보고 2등 요리를 만든 것이 그가 얼싸안은 호검이라는 것을 알아챘다. 그리고 열렬한 축하의 박수를 보내주었다.

유 셰프는 호검의 요리에 대해서도 심사평을 시작했다.

"강호검 님의 새우 소스 페투치네는 3등 문재석 님처럼 소스가 아주 돋보인 요리였습니다. 새우의 고소한 풍미가 그대로 녹아 있었고, 야채와의 맛의 조화도 좋았습니다. 아, 그리고 플레이팅에서는 사실 가장 높은 점수를 얻었죠. 심사 위원들도 모두 보고 감탄했답니다. 먹기 아까울 정도였어요. 새우 소스 페투치네는 맛과 조화, 독창성, 플레이팅 등 모든 심사 항목에서 높은 점수를 얻어 2등을 차지했습니다."

심사평이 끝나자 다시 한 번 참가자들의 박수가 쏟아져 나왔다. 참가자들은 서로 웅성대면서 특히 호검의 플레이팅에 대해 칭찬을 아끼지 않았다.

호검은 일단 의아한 마음을 접어두고 생애 첫 요리 대회에서 2등을 했다는 것에 만족하기로 했다.

'이 요리사의 돌에 대해서 좀 더 연구를 해봐야겠는데? 뭐, 그래도 요리사의 돌 덕분에 2등 했잖아?'

그제야 그의 얼굴에 환한 미소가 떠올랐고, 자신에게 축하의 박수를 보내는 다른 참가자들에게도 고개를 숙여 인사했다.

"음, 이제 대망의 1등 발표만 남았죠? 1등은……."

유 셰프의 말에 모두들 긴장해서 그를 바라보았다. 그러자 유 셰프는 1등 발표를 하려다 말고 갑자기 옆에 있는 물 컵을 집어 들며 장난스럽게 말했다.

"아, 목이 말라서 말이 안 나오네요. 물 좀 마시고……."

일부러 뜸을 들이는 유 셰프의 행동에 참가자들이 피식 웃었다. 유 셰프는 물을 벌컥벌컥 마시더니 곧바로 입을 열었다.

"1등은 13번 오유림 참가자의 아스파라거스를 곁들인 바닷 가재 페투치네가 차지했습니다! 축하합니다!"

1등 스티커가 유림의 접시 앞에 놓인 이름표에 철썩 붙여졌고, 참가자들의 박수 소리가 지금까지 중에서 가장 크게 울려 퍼졌다.

'그럴 줄 알았어!'

호검은 자신이 2등으로 선정되자 1등이 될 만한 사람은 오유림밖에 없다고 생각했다. 그리고 역시 예상대로 오유림이 1등을 차지했다.

호검이 유림을 쳐다보자 유림은 옅은 미소로 주변 참가자들에게 인사를 하고 있었다.

'자기가 1등 할 줄 알고 저렇게 여유 있었던 건가? 아무튼 대단한 여자네.'

곧 유 셰프의 1등 심사평이 이어졌다.

"심사 위원들은 처음 이 바닷가재 페투치네의 소스를 맛보고 굉장히 놀랐습니다. 어떻게 이런 고소하고 부드러운 맛이 날까 했는데, 으깬 감자와 파르미지아노 레지아노 치즈를 베이스로 특이한 소스를 만들어냈더군요. 게다가 바닷가재의 부드러우면서도 통통한 식감을 잘 살렸고, 아스파라거스도 아삭하게 요리가 잘되었습니다. 바닷가재의 붉은색과 노란 소스, 그리고 아스파라거스의 초록빛까지 색상 조합도 아주 먹음직스럽게 잘되었고요. 하나하나의 재료의 맛과 전체적인 요리의 조화까지 어느 하나 모자람이 없는 요리였습니다."

유 셰프가 말을 마치자 또다시 우레와 같은 박수가 터져 나왔다.

그런데 그때, 셰프 한 명이 갑자기 대회장으로 들어오더니 유 셰프에게 무언가 귓속말을 전했다. 그러자 유 셰프는 잠시 기다리라는 말을 남긴 채 다른 셰프들을 데리고 밖으로 나갔다.

*　　　　*　　　　*

"무슨 일이지?"

재석이 호기심 가득한 눈빛으로 밖으로 나가는 셰프들을

쳐다보았다. 셰프들이 나가고 나자 일부 참가자들은 셰프들의 눈치가 뭔가 일이 생긴 것 같다며 웅성거렸고, 또 다른 일부는 셰프들에게는 신경 쓰지 않고 자기들끼리 입상작들을 보며 수군거렸다.

"저거 먹어보고 싶다. 새우 소스 페투치네 말이야."

"난 바닷가재 페투치네!"

"이따가 저거 남은 거 먹어보게 해주겠지?"

"근데 손이 빨라야 먹어볼 수 있을걸. 다들 1, 2, 3등 거부터 먹어보고 싶어 할 것 아냐."

"그렇겠네."

"아, 근데 오늘 못 먹어보더라도 참가자들한테 뷔페 초대권 나눠 준다며. 여기서 입상한 메뉴들이 뷔페에 포함되면 먹으러 오면 되지."

K호텔에서는 요리 대회에 참가한 요리사 전원에게 K호텔 뷔페를 한 번 공짜로 이용할 수 있는 초대권을 주었다. 이것은 K호텔이 요리사들에게 K호텔 요리를 맛보고 앞으로 요리하는 데 도움이 되었으면 하는 취지에서 이번에 처음으로 혜택을 주는 것이었다.

"아, 근데 여기서 수상한 사람들은 여기 K호텔 주방에 취직하기 완전 좋겠다! 그치?"

"아무래도 플러스 요인이 되겠지. 실력을 보여준 거니까. 부럽다."

참가자들은 부러운 눈초리로 호검과 재석, 그리고 유림을 힐끗힐끗 쳐다보았다. 재석은 그 사실을 알고 있었기에 흘러 나오는 웃음을 멈추지 못하고 실실 웃고 있었다. 호검도 아직 은 더 배워야 하기에 그럴 생각이 없었지만, 언젠가는 좋은 기 회가 될 수 있을 거라고 생각했다.

참가자들이 기다리다 조금 지쳐갈 때쯤, 문이 열리며 유 셰 프가 상장과 봉투를 들고 등장했다.

"아, 미안해요. 제1주방에서 급한 일이 생겨서 잠깐 다녀왔 어요. 하여튼 내가 주방에 없으면 무슨 일이 꼭 생긴다니까. 하하하! 자, 이제 시상식을 시작할게요."

유 셰프는 싱거운 농담을 던지더니 곧 빠른 속도로 시상을 하기 시작했다. 먼저 입선한 참가자들에게는 상장만 주어졌 다. 그리고 1, 2, 3등의 시상이 이어졌다.

1등 오유림에게는 상장과 부상으로 300만 원, 2등 호검에게 는 상장과 부상 200만 원, 3등 문재석에게는 상장과 부상 100만 원이 주어졌다.

참가자들은 한 명씩 수상할 때마다 우레와 같은 박수로 그 들을 축하해 주었다. 1등까지 모든 수상이 끝나자 유 셰프는 입상한 사람들에게 말했다.

"아, 1, 2, 3등과 입상한 사람들은 며칠 후에 연락이 갈 겁니다. 뷔페 메뉴에 추가시키려면 한번 와서 레시피도 알려주고 함께 요리도 해야 하니까요. 자, 이제 기념사진 촬영할까요?"

입상자들은 유 셰프를 비롯한 다른 심사 위원들과 모두 함께 단체 사진을 찍었고, 이로써 모든 시상식이 끝나자 심사 위원 중 한 셰프가 참가자들에게 뷔페 초대권을 나눠 주었다.

"자, 오늘 수고 많으셨습니다. 앞에 요리를 맛보실 분들은 보셔도 되고 가실 분들은 가셔도 됩니다. 감사합니다."

유 셰프와 심사 위원들이 퇴실하자 남은 참가자들이 앞에 놓인 요리로 달려가 맛을 보기 시작했다.

재석과 호검은 앞쪽에 있었기에 얼른 달려가 가장 먼저 1등을 한 유림의 요리를 맛보았다.

"이야!"

재석이 바닷가재 살 한 점을 먼저 입에 넣어보더니 감탄사를 내뱉었다.

"탱글탱글하고 치즈 소스는 고소하고 감자 퓨레는 부드러워. 와! 대단하네!"

그는 이어 아스파라거스와 페투치네 면을 각각 따로 맛보고 감탄사를 연발하더니 호검에게 물었다.

"맛있네, 맛있어! 호검아, 넌 어때?"

호검은 바닷가재 살 한 점과 페투치네 면, 아스파라거스를 한 번에 입안에 넣고 천천히 씹으며 맛을 음미했다.

'심사평의 맛 그대로네. 바닷가재 살도 맛있고, 아스파라거스는 아삭하고, 간도 각각 잘 배어 있어. 거기다 고소하고 부드러운 치즈 감자 소스라니!'

호검은 옆에서 자신의 요리를 맛보고 있는 유림을 힐끗 보고는 재석의 물음에 대답했다.

"심사평 그대로네요. 맛있어요."

"그치? 오, 근데 네 거도 진짜 맛있다!"

재석은 그사이 벌써 호검의 요리를 입에 넣고 우물우물 씹으며 말했다. 그리고 유림도 호검을 보고 한마디 건넸다.

"맛있네요."

"감사합니다."

유림은 재석에게도 맛있다고 해주더니 곧 대회장을 떠났다. 호검도 재석의 양고기 펜네를 맛보았는데 양고기가 정말 맛있었다.

"부드럽고 잡내도 안 나고, 양고기가 이런 맛이구나."

"너 양고기 처음 먹어봐?"

"아, 네. 한식이나 좀 할 줄 알지 다른 요리는 아직 초보예요."

"에이, 거짓말. 근데 이렇게 파스타를 잘 만들어?"

재석은 호검의 말을 믿지 않는 눈치였다. 호검은 요리사의 돌 이야기를 할 수 없으니 그저 최근에 파스타를 조금 배웠다고 말했다.

재석은 파스타를 조금 배웠는데 요리 대회에서 2등을 할 정도면 조금만 더 배우면 1등은 따놓은 당상이라며 호검을 칭찬했다.

K호텔 요리 대회가 모두 끝나고 호검은 재석과 연락처를 교환했다.

"언제든 연락해. 오늘 요리 대회는 수확이 많다. 너 같은 동생도 만나고 상금도 받았으니까. 하하!"

"저도요, 형."

"난 이쪽으로 가는데, 넌 어디로 가?"

"아, 전 반대편으로 가요. 어디 들를 데가 있어서요."

"그래? 그럼 잘 가. 나중에 또 보자."

호검은 재석과 인사를 하고 헤어졌다. 그리고 곧바로 집으로 가지 않고 대형 마트로 향했다. 그는 대형 마트에 들러 양고기와 바닷가재, 아스파라거스 등을 사서 집으로 향했다.

사실 호검은 이번 요리 대회에서 양고기도, 바닷가재도, 아스파라거스도 처음 먹어보았다. 물론 책 등에서 이름과 사진은 본 적이 있지만 요리법도, 실제 맛도 그는 전혀 몰랐다. 그는 이번 요리 대회를 통해 아직 자신이 먹어보거나 요리를 해 본 식재료가 턱없이 부족하다는 것을 느꼈다. 그래서 당장 집에 가서 이 식재료들을 요리해 볼 참이다.

호검은 집에 돌아오자마자 양고기 잡내 없애는 법을 검색해 보고 집에 있는 여러 요리 책도 찾아보았다.

"스테이크 시즈닝? 그런 건 없는데……. 다른 방법 없나? 오, 허브와 올리브유!"

호검은 이것저것 찾아보다가 마조람과 오레가노 등의 허브와 올리브유에 마리네이드 하는 양고기 요리법을 찾아냈다. 또한 양고기 특유의 냄새는 지방 부위에서 많이 나기 때문에 지방을 제거하는 것도 한 방법이 될 수 있다는 것도 알게 되었다.

"아, 그래서 재석이 형 양고기에 기름기가 없었구나. 재석이 형도 허브랑 올리브유로 마리네이드를 한 건가? 맞아, 그럴 수도 있어. 허브와 올리브유는 파스타에도 주로 사용하는 재료니까 잘 어우러졌을 거야."

일단 호검은 양고기를 손질했다. 칼질은 자신 있는 호검이었기에 지방을 제거하는 건 식은 죽 먹기였다. 하지만 호검은 양고기 두 점은 지방을 제거하지 않고 그대로 두고 나머지만 제거했다. 지방을 제거한 것과 하지 않은 것의 차이를 알아보기 위해서였다.

양고기 손질을 순식간에 끝내고 그는 양고기에 소금, 후추, 각종 허브를 잔뜩 뿌린 후 올리브유를 부어 재워놓았다.

그리고 양고기를 재우는 동안 아스파라거스 손질법을 찾아보았다.

"아스파라거스는 밑동 1~2센티 잘라내고 껍질을 칼로 벗겨낸 다음 소금물에 2~3분 데친다. 팬에 기름을 두르고 굽는다."

아스파라거스의 밑동은 질기기 때문에 잘라내고, 껍질을 벗겨내는 것 또한 부드러운 식감을 위해서 그런 듯했다. 호검은 냄비에 아스파라거스를 데칠 물을 얹은 후 아스파라거스를 꺼내 손질을 시작했다.

아스파라거스를 다 데쳐서 준비해 두고 나서 호검은 아직 양고기를 더 재워두어야 했기 때문에 기다리는 동안 양고기 요리와 아스파라거스 요리 등을 검색해 보고 요리 책도 찾아보았다.

그러다 그는 문득 오늘 대회에서 자신이 요리사의 돌을 사용하고도 2등을 한 이유가 무엇인지 궁금해졌다. 호검은 대회에 갔다 와서 바로 서랍에 넣어둔 요리사의 돌을 꺼내 왔다. 그리고 요리사의 돌을 손으로 만지작거리며 생각에 잠겼다.

'음, 뭔가 심사에 구린 점이 있었을까? 아냐, 오유림의 요리는 1등 할 만한 맛이었어. 내 것도 맛있긴 했지만 나라도 오유림을 1등 줬을 것 같아. 그럼 도대체 왜 요리사의 돌은 최고의 레시피를 주지 않은 거지?'

호검은 대회에 나온 재료들을 떠올리며 오늘 대회의 주제

와 입상한 요리들을 생각해 보았다.

'양고기, 새우, 바닷가재, 아스파라거스, 가지, 양파, 허브 류……. 메인 요리 같은 파스타 요리…….'

그런데 그때, 그의 머릿속에 레시피가 번뜩 떠올랐다. 아까 의 새우 소스 페투치네가 아닌 다른 요리가.

11. 아는 만큼 보인다!

"엇! 뭐지?"

호검은 깜짝 놀라 순간적으로 말이 입 밖으로 튀어나왔다. 그의 머릿속에 떠오른 건 새우 소스 페투치네가 아닌, 양고기와 새우 살을 활용한 올리브 오일 베이스 스파게티니였다.

'마늘과 페페론치노, 올리브 오일, 거기에 버터를 추가해 만든 소스라……. 새우 살에 화이트와인으로 풍미를 살려주고 말이지. 거기다 양고기까지? 아니, 근데 왜 달라졌지?'

호검은 그의 머릿속에서 펼쳐지고 있는 새로운 요리 레시피를 보고는 의아해했다. 게다가 알려주려면 아까 요리 대회에서 양고기를 활용한 레시피를 알려주지 왜 이제 와서 알려준 단 말인가.

'오, 근데 진짜 오일 베이스 소스와 양고기가 잘 어울리겠는데? 게다가 새우까지 조화로운 맛을 낼 수 있다면……'

호검이 레시피를 천천히 살펴보니 이 정도 레시피라면 오유림의 바닷가재 페투치네를 이겼을 수도 있겠다 싶어서 그는 더 아쉬웠다. 도대체 왜 이제야 알려주는 건지 살짝 요리사의 돌이 야속해지려는데, 머릿속 레시피에서 양고기 요리법이 눈에 띄었다.

지금 요리사의 돌이 새로 알려준 레시피에서 양고기를 요리하는 법이 방금 자신이 마리네이드 해놓은 양고기 조리법과 같다는 사실을 깨달은 것이다.

'그럼 혹시 이거 내가 알고 있는 한도 내에서 최상의 레시피를 알려주는 건가? 그럴지도 몰라.'

그러는 사이 시간이 훌쩍 지나 재워둔 양고기를 요리해 볼 시간이 되었다. 호검은 일단 하던 요리를 마저 해보고 다시 차근차근 생각해 보기로 했다.

호검은 먼저 양고기 구이를 해서 지방을 제거한 양고기와 그렇지 않은 양고기의 맛을 비교해 볼 계획이다. 그는 팬에 올리브유를 두르고 마리네이드 해둔 양고기를 가져와 굽기 시작했다.

호검은 뛰어난 감각이 있었기에 고기 굽는 정도는 손쉽게 원하는 대로 할 수 있었다. 그는 능숙한 솜씨로 양고기를 후딱 구워내 접시에 담아 식탁으로 가져왔다.

호검은 지방을 제거한 양고기 구이와 지방을 제거하지 않은 양고기 구이를 비교해서 냄새를 맡아보고 맛도 보았다.

'진짜 그러네. 지방을 제거한 건 확실히 누린내가 하나도 안 나네. 지방 부분은 좀 먹으면 마리네이드 했어도 살짝 나는 것 같은데 말이야.'

그래서인지 방금 요리사의 돌이 알려준 레시피에서는 양고기의 기름을 제거하고 사용하는 요리법을 알려주었다.

'그래, 일단 가장 가능성이 높은 건 내가 알고 있는 요리 지식이 있어야 요리사의 돌이 레시피를 구성할 때 그걸 활용해서 레시피를 알려준다는 거야. 오늘 이걸 다 요리해 봐야겠다.'

지금 호검의 추측으로는 요리사의 돌이 알려주는 레시피는 결국 그의 머릿속에 있는 요리 지식을 조합해 만들어낸 레시피인 듯했기에 호검은 계속해서 바닷가재 요리까지 오늘 다 해보고 다시 요리사의 돌을 테스트해 보기로 했다.

그런데 그러고 보니 벌써 저녁 식사를 할 시간이 다 되어 있었다. 호검은 지금 이 양고기 구이를 저녁으로 먹으면 되겠다 싶어서 남은 양고기를 먹으려다가 야채를 곁들여 먹으면 좋겠다는 생각이 들었다. 그래서 손질해 둔 아스파라거스도 있으니 간단한 아스파라거스 요리를 함께 해 먹기로 했다.

'어디 보자.'

호검은 아스파라거스 요리를 이것저것 찾아보다가 간단하면서도 맛있어 보이는 아스파라거스 요리를 하나 발견했다.

"비스마르크풍? 계란과 아스파라거스, 발사믹 식초, 파르미지아노 치즈……. 오, 이거 우리 집에 다 있는 거잖아?"

호검은 파스타를 미리 만들어보면서 이태리 요리에 필요한 식재료를 조금 사두었는데, 그중에 발사믹 식초와 파르미지아노 치즈가 있었다.

발사믹 식초는 사다 놓기만 하고 아직 쓸 일은 없어서 그냥 냉장고에 들어 있었는데, 이번 기회에 한번 써보기로 했다. 발사믹 식초를 열어서 일단 먼저 맛을 보니 향긋한 포도 향과 새콤한 식초 맛이 입맛을 돌게 했다.

'식초라 좀 시지만 맛있네.'

발사믹 식초는 포도주를 숙성시켜 만든 식초다.

발사믹(Balsamic)은 이탈리아어로 '향기가 좋다'라는 뜻인데, 이름대로 풍미가 좋았다. 비스마르크풍 아스파라거스 요리에는 이 발사믹 식초를 꿀과 함께 넣어 졸여서 발사믹소스를 만들어 사용하기에 호검은 가장 먼저 작은 냄비에 발사믹 식초 적당량과 꿀을 넣어 불 위에 얹어놓았다.

비스마르크풍 아스파라거스 요리는 데친 아스파라거스를 올리브 오일에 굽고 계란도 프라이를 한 후 그 위에 파르미지아노 치즈를 갈아서 뿌리고 발사믹소스를 함께 뿌려 먹는 요리였다.

호검은 발사믹소스가 졸여질 동안 아스파라거스를 팬에 잘 굴려가며 구웠고, 계란도 흰자는 다 익히고 노른자는 덜 익힌 써니사이드업으로 프라이를 했다. 그리고 파르미지아노 치즈도 갈아 접시에 세팅해 두었다. 발사믹소스가 완성되자 호검은 곧바로 아스파라거스와 계란 위에 소스를 뿌려 비스마르크풍 아스파라거스 요리를 완성했다.

이 요리는 달걀노른자를 소스 삼아 아스파라거스와 달걀 흰자를 찍어 먹으면 되는데, 거기에 새콤달콤한 발사믹소스와 고소하고 짭짤한 파르미지아노 치즈에 계란까지 어우러지니 정말 맛이 기가 막혔다.

'간단한데 진짜 맛있네!'

호검은 여기에 양고기까지 더해 고급스러운 저녁 만찬을 즐겼다. 양고기에 아스파라거스 요리라니, 그는 이제껏 이런 양식 요리를 집에서 해 먹어본 적이 없었다. 그는 자기가 만들었지만 고급 레스토랑에서 훌륭한 저녁 식사를 하는 것 같은 느낌이 들었다.

하지만 아직 진짜 비싼 요리가 남아 있었다. 바로 바닷가재 요리.

양고기 구이와 아스파라거스 요리로 어느 정도 배를 채운 호검은 이제 바닷가재 요리를 시작해 보기로 했다.

그는 여러 가지 실습을 해보고자 세 마리를 사 왔는데, 일단 한 마리는 살을 분리해서 요리하는 법을 연습하기로 했다.

그는 요리 책과 인터넷 검색으로 바닷가재 회 뜨는 법을 찾아보았다. 어디 가서 직접 배우면 좋겠지만, 아직 그럴 여건이 안 되니 우선은 이렇게라도 연습을 해보려는 것이다.

그리고 바닷가재가 호검에게 너무 생소한 식재료라 그렇지 사실 호검이 가진 칼질 실력이면 어느 정도 말로 알려줘도 회는 뜰 자신이 있었다.

"대가리는 잘라내고 몸통 부분의 양쪽 사이드랑 가운데에 칼집 넣은 다음 통으로 뜯어낸다."

호검은 거침없이 칼을 놀려 감각적으로 바닷가재 살을 발라냈다.

그는 회로도 맛을 봐야 하기에 바닷가재 살을 먹기 좋은 크기로 잘라 슬라이스한 레몬을 바닷가재 살 사이사이에 끼워 넣었다. 그리고 그대로도 먹어보고 간장을 찍어서도 맛을 보았다. 탱글탱글하고 살짝 단맛도 나는 것이 입에서 살살 녹았다.

'와, 이거 비싼 이유가 있었네!'

호검은 아까 요리 대회에서 익힌 바닷가재 살은 먹어보았지만, 바닷가재 회는 처음 먹어보았다. 너무 비싸서 먹어보지 못했는데 다행히 이번 요리 대회에서 받은 상금으로 이렇게 바닷가재 맛을 볼 수 있게 된 것이다.

'식재료도 다 먹어보고 맛을 알아야 훌륭한 요리사가 될 수 있지!'

호검은 바닷가재 회를 맛본 후 일부는 잘라서 팬에 볶아 먹어보기도 했다. 그리고 일반적으로 가장 많이 해 먹는 버터와 치즈를 얹어 오븐에 구워 먹는 바닷가재 요리도 해보았다.

"한번 데쳐서 사용해야 살이 탱탱해져 부서지지 않는다. 아, 그렇구나!"

오븐에 구워 먹는 바닷가재 요리라고 바로 오븐에 구워 익히는 것이 아니었다. 끓는 물에 한번 데쳐서 구워야 살이 탱탱해지고, 또 오븐에 구울 때도 너무 오래 구우면 살이 질겨지니 유의해야 했다.

이렇게 저렇게 한 번에 욕심내서 양고기 요리, 아스파라거스 요리, 거기다 다양한 바닷가재 요리까지 해 먹어 보려니 호검의 배는 곧 터질 것만 같았다.

"으, 배불러서 더는 못 먹겠다! 오늘은 여기까지!"

호검은 너무 배가 부른 나머지 침대에 벌러덩 누워버렸다. 그는 오늘 하루 엄청 많은 요리들을 찾아보고 또 다양한 요리법을 연습했다. 오늘 하루를 정말 알차게 보냈다는 생각에 꽤 뿌듯했다. 게다가 요리 대회에서 2등도 했다.

호검은 침대에 누운 채 요리사의 돌을 집어 들었다. 바닷가 재까지 요리법을 새로 공부했으니 이번에도 또 다른 레시피가 나올 것인지 궁금한 그는 요리사의 돌을 꼬옥 쥐고 눈을 감았다.

'메인 요리 같은 파스타 요리…… 주어진 재료는 바닷가재, 새우, 양고기, 가지…….'

그는 재료들과 함께 주제를 떠올렸고, 이윽고 다시 그의 머릿속에서 레시피가 하나가 번뜩 튀어나왔다.

그건 바닷가재를 주재료로 하는 파스타 요리였다.

"으아! 역시 그런 거였어! 내가 아는 만큼 돌의 능력도 달라지는 거야!"

호검은 이제 돌의 능력을 확실히 알게 되었다. 아는 만큼 보인다는 것을.

*　　　　*　　　　*

호검은 이제 열심히 요리를 배워가기만 하면 된다. 요리 지식이 쌓이기만 하면 최고의 레시피는 이 요리사의 돌이 만들어줄 테니까.

게다가 그는 요리에 관한 것은 한 번만 보아도 기억되고 오 감까지 발달해 있는 상태였다. 그렇다면 공부하고 습득하기만 하면 최고의 요리사가 되는 것은 시간문제였다.

'오호! 스킬을 연마하면 레벨이 올라가는 그런 거랑 같네! 요리를 많이 알면 알수록 더 좋은 레시피가 나올 거고, 그럼 대회에서 수상은 식은 죽 먹기잖아!'

호검은 오늘 2등을 한 덕분에 요리사의 돌이 어떻게 작용 하는지 알게 되어 기뻤다. 시험 삼아 대회에 나가보길 참 잘했 다는 생각이 들었다.

'그럼 앞으로 요리 공부는 어떻게 하는 게 좋을까?'

물론 요즘은 인터넷과 서적으로 많은 지식을 얻을 수 있었 지만, 실제로 현장에서 직접 배울 수 있는 것은 따로 있었다. 호검은 우선 지금 배우고 있는 이태리 요리를 빨리 마스터한 후 아버지가 소개해 주고자 한 요리사들을 차례로 찾아가 배 워야겠다고 결심했다.

호검은 다음 날부터 바로 파스타 수업이 있었기에 일찍 잠 자리에 들까 하는데, 갑자기 초인종 소리가 들렸다.

딩동딩동.

'잉? 일요일 저녁에 올 사람이 없는데?'

호검은 침대에서 벌떡 일어나며 누군지 물어보려는데 그가 묻기도 전에 밖에서 소리가 들렸다.

"호검아! 나야, 나!"

"어? 정국이냐? 근데 이 시간에 웬일이야?"

호검은 후다닥 요리사의 돌을 다시 서랍에 넣어두고 현관으로 나가며 소리쳤다. 호검이 문을 열자 정국이 빵이 담긴 봉지와 테이크아웃 커피를 호검의 눈앞에 흔들어 보이며 집으로 들어왔다.

"짠! 일요일 저녁에 너 혼자 밥 먹으면 외롭잖아! 마침 내가 알바하는 데서 남은 빵도 주고 그래서 가지고 왔지. 하하하!"

호검이 보아하니 정국이 혼자 저녁 먹기가 싫었던 모양이다. 호검은 그런 정국을 보고 피식 웃었다.

정국은 성큼성큼 집 안으로 들어오다가 식탁에 있는 호검이 먹다 남긴 바닷가재 요리를 발견했다.

"뭐야? 뭐야, 이거? 아니, 이 비싼 걸! 이거 어디서 났어?"

"어디서 나긴, 샀지. 내가 직접 요리해 본 거야. 난 많이 먹었으니까 너 다 먹어."

"이야, 너 출세했다! 이렇게 비싼 랍스터도 먹고 말이야!"

정국이 자신이 가져온 빵은 대충 옆에 내려놓고 바닷가재를 입으로 집어넣기 시작했다. 호검은 정국이 가져온 아메리카노를 홀짝홀짝 마시며 정국이 게걸스럽게 먹는 모습을 지켜봤다.

"맛있냐?"

"어. 원래 이런 맛이냐? 뭐, 먹어본 적이 있어야 말이지. 암튼 게살 맛이랑 비슷한데 버터랑 치즈를 넣어서 그런지 고소하다. 그리고 비싼 거라 더 맛있는 거 같아. 큭."

"그럴 수도. 하하!"

호검은 정국이 맛있게 요리를 먹는 걸 보니 흐뭇했다. 그리고 혼자 밥 먹는 것보다 이렇게 누군가와 함께 식사를 하면 확실히 더 좋을 것 같았다. 게다가 앞으로 많은 음식을 만들어 먹어야 하는데 혼자서 만들고 혼자서 다 먹으려면 그것도 참 힘든 일일 것이었다.

"야, 너 지금 사는 데 계약 얼마나 남았냐?"

"뭐?"

"너 지금 사는 데 월세 얼마야?"

"갑자기 그건 왜 물어?"

정국이 바닷가재를 먹다 말고 뜬금없는 호검의 질문에 눈을 동그랗게 뜨고 되물었다.

"음, 너 여기 들어와서 나랑 같이 살지 않을래? 저쪽 방 남잖아."

"잉? 정말? 그럼 나야 좋지! 월세는 싸게 해줄 거냐? 나 거기 월세 35만 원인데, 그거보다 싸게 돼?"

"야, 친구끼리 무슨 월세냐? 아부지도 없고 혼자 있으려니 좀 그래서 그래."

"오호! 난 무조건 땡큐지. 나 거기 계약 곧 끝나. 와, 오늘 나 운수대통이네. 이런 고급 요리에 공짜로 살 집까지 생기다니. 으하하하! 오늘 왠지 너네 집에 오고 싶더라니. 큭!"

"대신 조건이 하나 있어!"

"뭐, 뭔데?"

정국이 조건이란 말에 웃음을 멈추고 물었다.

"내가 만든 요리, 네가 먹어보고 평 좀 해줘."

"내가? 그건 어렵지 않은데, 난 그냥 평범한 입맛이야. 그런 건 미식가나 뭐 그런 사람들이 해야 하는 거 아냐?"

"그래서 네가 필요한 거야. 이 세상에 미식가가 많냐, 평범한 입맛을 가진 사람이 많냐?"

"그야 평범한 입맛 가진 사람이 많겠지."

"그러니까 네가 필요한 거야."

"오, 좋았어. 난 맛있는 것도 먹고 집도 공짜로 살고. 이야, 나 오늘 로또 맞았네! 으하하하!"

정국은 정말 신이 나서 몸을 흔들거리며 다시 바닷가재를 먹었다.

호검은 정말 정국이처럼 평범한 사람의 평가가 필요했다. 호검은 미각도 뛰어나져서 맛도 잘 볼 수 있었지만, 평범한 사람들의 입맛은 자신이 알 수 있는 게 아니었기 때문이다.

또한 미식가들은 요리의 맛을 분석하고 각각의 재료에 대한 맛을 풀어서 표현하지만, 평범한 사람들은 깊이 분석하지 않고 그냥 먹었을 때 단순하게 맛있다, 먹을 만하다, 맛없다 정도로만 표현하기에 선호 파악에 더 좋았다.

정국은 바닷가재 요리를 깨끗이 다 먹고 나자, 자신이 가져온 빵 봉지를 들더니 식탁 위에 빵을 쏟아놓았다.

"야, 후식 먹자. 이 중에 뭐 먹을래?"

"나 많이 먹어서 배부르니까 이거 조금만 먹을래."

"이거? 데니쉬 페이스트리(Danish Pastry)?"

호검은 손바닥만 한 치즈 시나몬 데니쉬를 골랐다.

"나랑 취향 비슷하다, 너. 난 이거 치즈랑 시나몬 섞여서 짭짤하면서도 달콤해서 좋아하거든. 뭐 계피 맛도 좋아하고. 사실 내가 이렇게 만들어보자고 그랬어. 난 짜면서 단 게 좋거든."

호검은 그저 작아서 고른 것뿐인데 정국의 말대로 짭짤하고 달콤한 게 맛있었다. 정국은 치즈 시나몬 데니쉬를 먹으면서도 입을 쉴 새 없이 놀려댔다.

"데니쉬(Danish)는 '덴마크의'라는 뜻이야. 음, 그러니까 덴마크에서 만들어 먹던 빵이지. 페이스트리(Pastry)는 '유지로 결을 내어 바삭하게 구운 빵'이란 뜻이거든? 페이스트리는 버터를 바르고 접고, 또 버터를 바르고 접고… 이걸 여러 번 해서 얇은 겹을 많이 만들어야 해. 아, 그리고 모양이 소용돌이

처럼 돌돌 말려 있잖아? 데니쉬 페이스트리 중에서 데니쉬 스네일이라는 건데, 달팽이 모양으로 돌돌 말리게 만든 거야."

정국은 지금 베이커리 카페에서 제빵사 일을 하고 있어서 그런지 자신이 아는 제빵 지식을 호검에게 마구 늘어놓았다. 빵도 요리의 한 종류이니 호검도 정국의 설명을 꽤 관심 있게 듣고 있다가 식탁에 놓여 있는 빵 중에서 반가운 빵 하나를 발견하곤 정국에게 물었다.

"야, 이거 빠네 파스타 할 때 쓰는 빵 아니냐?"

호검이 구 형태의 바게트 볼을 집으며 물었다. 호검이 말한 빠네(Panne)는 이탈리아어로 '빵'이라는 뜻으로 '빠네 파스타'는 빵 속에 파스타를 넣어주는 파스타를 말한다.

"맞아. 아, 너 파스타 배우니까 알겠다. 이거 파스타 담는 빵 그릇으로 사용하는 빵 맞아. 이렇게 뚜껑을 잘라내고 안의 빵을 파낸 다음 그 빈 공간에 파스타를 채우는 거지."

"아직 배운 건 아니고 내일부터 배울 거야. 하하! 잘됐다. 빠네 파스타 실습해 봐야지. 잘 가져왔다, 이거."

"너 필요하면 내가 몇 개 더 갖다 줄게. 말만 해."

"고맙다."

호검은 빵과 커피를 마시며 오늘 자신이 K호텔 요리 대회에 나가서 2등을 했다는 얘기도 전했다. 호검은 대회에 나가 결과가 어찌 나올지 몰라 주변 사람들에게 대회에 참가한다는 사실을 알리지 않았다.

"와! K호텔이라니! 그럼 거기 네 음식이 뷔페 음식으로 나오는 거야?"

"응."

"나도 먹어보고 싶은데, 거기 너무 비싸잖아."

정국이 입을 삐죽 내밀며 말했다.

"내가 조만간 해줄게. 요리사가 바로 여기 있는데 뭣하러 거기까지 가서 돈 주고 사 먹냐?"

"캬! 네, 알겠습니다, 요리사 선생님! 아니, 셰프님이라고 해야 하나? 텔레비전에서 보니까 다들 '셰프, 셰프' 하던데, 너도 이제 강 셰프 되는 거야?"

"에이, 난 아직 그럴 정돈 아니야."

호검이 손사래를 쳤다. 정국은 호검에게 강 셰프라고 부르며 장난을 치다가 갑자기 손뼉을 치며 말했다.

"맞다! 내가 오늘 로또 맞은 기념으로 로또를 준 너한테 정보를 줄게."

사실 정국은 고아원에서 함께 있던 시절부터 워낙 호기심도 많고 오지랖도 넓어서 정보통 역할을 톡톡히 했다. 고아원에서 일어나는 일은 물론 주변 가게들 일까지 그가 모르는 일이 거의 없을 정도였다. 물론 벌어지는 일 대부분에 그가 관계되어 있기도 했지만 말이다.

"정보? 무슨 정보?"

호검이 귀를 쫑긋하고 정국에게 물었다. 그러자 정국이 뭔가 비밀 얘기를 하는 듯 목소리를 낮춰 말했다.

"있잖아, 너희 아버지 쪽지에 쓰여 있던 그 이름 중에 말이야."

＊　　　＊　　　＊

호검은 정국에게 그 쪽지에 쓰여 있는 이름은 모두 요리사의 이름이고, 민석과 호검의 양아버지인 철수가 친분이 있다고 알려줬다. 그리고 추측해 보건대 양아버지가 이 요리사들에게 가서 요리를 배우라고 이름을 적어놓으신 것 같다는 것도 얘기했다.

"어, 그 사람들 중에 누구?"

"천학수라는 그 중식 요리사 말이야."

"그 사람이 뭐?"

정국이 잠시 뜸을 들이자 호검이 궁금한 듯 되물었다.

"내가 우리 카페 빵 만드는 형한테 들었는데, 음, 그 형이 중국 요리 하다가 힘들어서 제과제빵을 배웠거든. 카페나 베이커리가 더 낫지 않나 싶어서. 그 형 말로는 음식점은 주문 들어오면 바로바로 만들어서 나가야 해서 정신도 없고 긴장되고 그런데 빵은 미리 만들어놓았다가 진열해서 파는 거니까 자기 성격에 더 맞는다나 뭐라나."

정국은 원래 이 얘기 저 얘기 오가며 말하는 스타일이라 이번에도 역시 주변 설명으로 이야기가 흘러갔지만, 우선 호검은 가만히 듣고 있었다. 말을 하다가 금방 다시 본론으로 돌아오기도 하니까 말이다.

다행히 이번에도 정국은 금방 본론으로 돌아왔다.

"음, 아무튼 그 형이 천학수 그 사람 음식점에서 일했다고 하더라고. 그 천학수란 사람이 하는 음식점이 이번에 무슨 프로그램에 소개되었다면서 말을 꺼냈지. 자기가 거기서 일했다고. 그 음식점 이름이… 뭐더라?"

"뭔데? 뭔데?"

"기억이 잘… 음, 아 뭐던데, 아랑인가? 아츄? 아로?"

"혹시 아린 아니야?"

"맞다! 아린! 아린이었어!"

아린은 오늘 K호텔 요리 대회에서 3등을 한 문재석이 일하는 중식당이다. 맛집이라고 꽤 알아준다더니 이번에 텔레비전에 나온 모양이다.

"뭐야? 너 알고 있었어? 그 천학수란 사람이 하는 중식당?"

"아니, 지금 너한테 듣고 알았어. 아린은 뭐 맛집으로 유명하다고 해서 들어본 이름이야."

"아, 그렇군. 근데 있잖아, 그 형이 아린에 취직한 이유가 뭐냐 하면……."

"뭔데?"

호검이 정국에게 바짝 얼굴을 들이밀며 물었다. 그러자 정국은 이 집에 호검과 정국 둘뿐인데도 뭔가 커다란 비밀인 양 호검의 귀를 잡아당겨 귓속말로 말했다.

"천학수란 그 사람이 중국의 엄청 대단한 요리사한테서 배워 온 비밀 레시피가 있다나 봐. 그래서 맛집도 된 거겠지. 그 형도 그 소문을 듣고 취직한 건데, 밑바닥에서부터 일하는 게 너무 힘들어서 포기했대."

"비밀 레시피? 어떤 요리에 대한 건데? 양장피? 탕수육? 뭐 그런 거 만드는 비법 말하는 거야?"

호검이 비밀 레시피라는 말에 흥분해서 속사포처럼 물었다. 이에 정국은 갑자기 멍한 표정을 짓더니 눈을 끔뻑거리며 잠시 머뭇거리다가 천천히 입을 열었다.

"어, 그게… 그런 건가? 난 그냥 비밀 레시피가 있다기에 거기 취직해서 일하다 보면 뭔가 알게 되지 않을까 그렇게 생각했는데……. 구체적으로 뭔지는 안 물어봤어. 비밀 레시피니까 비밀이겠거니 하고."

"아, 뭐지?"

호검은 뭔가 정보를 듣긴 들었는데 궁금증이 더 커져만 갔다. 정국은 조금 멋쩍었는지 자기가 대신 추측을 하기 시작했다.

"내 생각엔 말이야, 무슨 비법 소스일 것 같아. 이 요리를 한번 먹으면 다시 먹지 않고는 배길 수 없게 만드는 입맛을 당기는 그런 소스 말이야. 그 소스를 자기만 몰래 새벽같이 일어나서 만들어놓고 밑에 요리사들한테는 안 알려주는 거지."

"음, 그럴 수도."

호검은 정국의 추측에 어느 정도 일리가 있다고 생각했다. 그러다 아린에서 일하고 있는 재석에게 물어보면 알 수 있지 않을까 하는 생각이 머리를 스쳤다.

'이번에 K호텔에서 다시 만나면 재석 형한테 물어볼까? 아니야, 형은 아예 모르고 취직했을 수도 있어. 괜히 비밀 레시피 있다는 정보만 주게 될 수도. 음, 어쩐다?'

호검이 고민하는 사이, 정국이 호검의 눈치를 보다가 다시 말문을 열었다.

"내가 그 형한테 가서 다시 물어봐 줄게. 무슨 비밀 레시피인지 말이야."

"오, 그래줄래?"

"그럼! 근데 그 형도 자세한 건 모를 수도 있어. 그래도 일단 물어봐는 줄게."

"고맙다. 참, 내가 수정이가 나랑 같이 보조 강사 한다고 말했던가?"

"헐! 대박! 너 그걸 왜 이제 얘기해?"

"깜빡했어. 하하!"

"근데 어떻게 그렇게 된 거야?"

호검은 처음 쿠치나투라 요리 학원에 갔을 때 수정을 본 이야기와 여자처자해서 수정과 같이 보조 강사를 하게 되었다는 이야기를 했다.

"오, 이거 무슨 운명적인 만남 같은데? 잘해봐. 걔가 너한테 관심 좀 있는 것 같던데."

"에이, 무슨. 아참, 너, 오늘 여기서 자고 갈래?"

호검은 쑥스러운 듯 다른 얘기로 화제를 돌렸다.

"아, 아냐. 오늘은 집에 가서 잘게. 거기 정리되면 여기서 계속 잘 건데, 뭐."

정국은 호검을 도와 식탁을 정리해 주었다. 그리고 가져온 빵 중에 몇 개는 호검을 주고 몇 개는 자신이 다시 가지고 집으로 향했다.

호검은 정국을 배웅해 주고 나서 잘 준비를 했다. 잠자리에 누운 호검은 비밀 레시피는 뭘까, 재석은 그걸 알고 취직한 것일까, 재석에게 물어볼까 말까 등등 이런저런 생각을 하면서 뒤척이고 있었는데, 갑자기 그의 휴대폰이 울렸다.

'엇, 이 밤중에 웬 문자?'

호검이 휴대폰을 열어보니 수정에게서 온 문자였다.

[호검아, 자? 내일 I0시까지 학원으로 오지 말고 M마트로 와. 장 봐야 할 것 같아서.]

호검은 얼른 알겠다고 답문을 보냈다. 그러자 금방 또 수정에게서 문자가 왔다.

[그럼 내일 보자. 잘 자~]

호검은 수정의 문자를 보고 얼굴에 미소가 번졌다.

'하핫, 잘 자라니.'

호검은 똑같이 수정에게 잘 자라고 문자를 보낸 뒤 기분 좋게 잠이 들었다.

12. 아는 만큼 보인다II

다음 날 아침, 호검은 수정이 말한 대로 요리 학원이 아닌 M마트로 곧장 갔다. 호검이 M마트 앞에 도착하니 벌써 수정이 장바구니를 들고 기다리고 있었다.

"호검아, 여기!"

"어, 안녕! 일찍 왔네!"

"방금 왔어. 오늘 아침 날씨가 좀 쌀쌀하네."

수정이 양손으로 자신의 양팔을 비비며 몸을 움츠렸다. 수정의 말대로 오늘은 가을 날씨치고는 꽤 쌀쌀했다.

"그러게. 너 얇게 입어서 춥겠다. 얼른 안으로 들어가자."

수정이 고개를 끄덕이며 M마트로 들어가자 호검도 그 뒤를 따랐다.

"오늘 장 볼 거 뭐야?"

"앤초비가 다 떨어져서 앤초비 좀 사야 하고, 토마토홀이랑, 양파, 아티초크, 삼겹살, 완두콩, 생크림, 단호박, 이렇게 사면 돼."

"그렇구나. 근데 삼겹살? 베이컨 아니고 삼겹살 써?"

저번 주에 실습한 파스타에는 베이컨을 썼기에 호검이 의아해하며 물었다.

"아, 이건 우리 점심 식사 메뉴야. 원장님이 오늘 돼지고기 김치찌개 드시고 싶다고 했거든. 오늘 날씨도 쌀쌀하고 그러니 국물도 있고 좋겠다. 그치?"

"그래, 맛있겠다. 그럼 앤초비부터 찾으러 갈까?"

둘이 함께 카트를 밀면서 대화를 나누는데, 육류 코너에서 고기를 파는 마트 직원 아주머니가 둘에게 말을 걸었다.

"어머, 신혼부부인가 봐? 둘이 아주 다정하니 보기 좋네. 이거 좀 사 가. 이거 맛있어."

아주머니의 말에 호검은 아니라고 손사래를 쳤고, 수정은 당황해서 얼른 호검에게 말했다.

"시간 없으니까 네가 토마토홀이랑 앤초비 찾아 올래? 둘다 이 근처에 있을 거야. 토마토홀은 2.5kg짜리 세 캔 사면 되고, 앤초비도 작은 병에 든 거 세 개 사면 돼. 앤초비가 뭔지 알지?"

앤초비는 우리말로 멸치를 말하는데, 우리나라 멸치젓이랑 비슷한 이태리 식재료다. 보통 이태리에서는 소금으로 절여 올리브유를 부어서 보관하기 때문에 우리나라에도 절인 앤초비가 유리병에 담겨 수입되어 온다.

호검은 파스타 교재의 내용을 이미 다 외우고 있기 때문에 이 정도는 당연히 알고 있었다.

"어, 어, 당연하지."

당황한 수정은 호검의 대답을 듣는 둥 마는 둥 벌써 저 멀리 혼자 가버렸고, 호검은 토마토홀과 앤초비를 찾으러 갔다. 잠시 후, 둘은 서로가 맡은 재료들을 가지고 계산대에서 다시 만났다.

마트 아주머니 덕분에 순식간에 장을 본 호검과 수정은 이제 다시 학원으로 향했다. 학원으로 향하는 버스 안에서 수정이 호검에게 물었다.

"아, 너 오늘 파스타 수업 첫날이지?"

"응. 이따가 낮 두 시 수업이야."

"첫 수업이라서 토마토소스랑 푸타네스카(Puttanesca) 만들 거야. 파스타 수업 처음에는 토마토소스부터 만들거든."

"아, 그래? 푸타네스카는 뭔데?"

"음, 그게 뜻이 좀 그런데… 어머!"

수정이 막 푸타네스카에 대해 설명하려는 찰나, 갑자기 버스가 급정거를 했다. 그 바람에 잡고 있던 손잡이를 놓친 수정이 넘어지지 않으려고 하다가 옆에 있는 호검의 허리를 와락 안고 말았다.

그와 동시에 호검의 가슴이 두방망이질 치기 시작했다.

*   *   *

"읍, 괜찮아?"

"어, 어. 미안."

호검은 숨을 멈추고 자신에게 안겨 있는 수정을 내려다보았다. 그러자 수정이 눈을 동그랗게 뜨고 호검을 올려다본 채 얼굴을 붉히며 얼른 그에게서 떨어졌다.

'으아, 왜 이렇게 심장이 뛰지?'

그 짧은 순간 호검은 어제 정국이 한 말이 생각났다. 수정이 자신에게 호감이 있는 것 같다는 말. 호검 또한 어린 시절에 수정을 좋아했었고 지금도 상냥하고 친절한 그녀에게 호감을 갖고 있었다.

호검은 잠시 제멋대로 쿵쾅거리는 자신의 심장을 저지시키려고 호흡을 골랐고, 수정 또한 잠시 어찌할 바를 몰라 머뭇거렸다. 그러다 곧 수정이 먼저 정신을 차리고 하던 이야기를 이어갔다.

"어, 아까 푸타네스카가 뭐냐고 물었지? 푸타네스카는 이탈리아어로 '매춘부'라는 뜻이래. 음, 매춘부들이 쉽게 구할 수 있는 재료로 빨리 만들어 먹을 수 있는 파스타였다나? 암튼 이것저것 여러 가지가 들어가는데 맛이 좀 강렬한 편이야."

"아하, 그렇구나."

그 뒤로는 어색한 침묵이 이어졌고, 둘은 잠시 창밖만 바라보고 있었다. 그런데 그 침묵을 깨고 수정의 휴대폰이 울렸다. 수정은 얼른 자신의 휴대폰을 꺼내 전화를 받았다.

"어, 엄마. 왜? 오늘 같이 일하는 친구랑 M마트 갔다가 바로 일하러 간다고 했잖아요. 오늘 차 필요 없다니까요. 친구랑 버스 타고 가는 중이에요. 끊어요."

수정은 금방 전화를 끊었고, 호검은 '엄마'라는 말에 깜짝 놀랐다.

'엄마라니……?'

호검이 고아원을 나간 뒤 수정도 곧 나갔다고 했는데, 그럼 입양돼서 양부모님이 계신 건가? 그는 수정에게 직접 묻기도 뭐하고 그래서 그냥 못 들은 척했지만, 속으로는 수정이 지금까지 어떻게 살아왔고 지금 어떻게 사는지 굉장히 궁금했다.

'좀 더 친해지면 물어봐야지. 그나저나 오늘 드디어 파스타 첫 수업 시작이네!'

잠시 후, 호검과 수정은 학원에 도착해서 곧바로 재료 준비에 들어갔다. 오전에 있는 수업에는 완두콩과 단호박을 활용한 파스타 수업이 있을 예정이라 단호박과 완두콩, 펜네 등을 준비했고, 새로 시작되는 파스타 수업에 필요한 토마토홀과 앤초비 등도 준비해 두었다.

그리고 드디어 호검의 첫 파스타 수업이 시작되었다. 호검이 수업을 듣는 시간에는 수정이 혼자 민석을 도왔는데, 재료 준비가 모두 되어 있는 상황이라 힘든 건 별로 없었다.

2시에 시작된 파스타 수업에는 약 10명가량의 수강생이 있었는데, 호검은 가장 끝자리에서 실습을 했다.

"자, 파스타 첫 수업이죠? 저는 여기 쿠치나투라 요리 학원의 원장 최민석입니다. 앞으로 12주간 파스타 수업을 진행할 거고요. 일단 교재는 다 받으셨죠?"

"네!"

호검을 포함한 수강생들이 힘 있게 대답했다. 수강생들은 이십 대로 보이는 젊은 사람도 있었고, 사오십 대로 보이는 중년의 아주머니나 아저씨도 보였다. 쿠치나투라의 교육과정은 파스타 전문점을 창업하려는 사람들에게 직접적인 도움이 되었기에 대부분이 창업을 위해 수강하러 온 듯했다.

"교재의 내용은 사전처럼 모르는 것이 있을 때 참고하시라고 드린 것이고요, 앞으로 수업은 실습 위주로 진행될 겁니다.

그래서 수업에서 만들 파스타 두 가지의 레시피는 매시간 이렇게 나눠 드릴 거고요. 차 강사?"

민석이 수정을 부르자 수정은 자신이 들고 있던 프린트물을 수강생들에게 나눠 주었다. 수정이 나눠 준 프린트물에는 오늘 만들 토마토소스와 푸타네스카 파스타의 레시피가 적혀 있었다.

"일단 파스타는 만들기 굉장히 쉽습니다. 제가 가르쳐 드린 대로만 하면 식은 죽 먹기지요. 파스타의 가장 기본이 되는 소스는 토마토소스입니다. 이것만 알아도 파스타의 절반은 아는 것이나 다름없습니다. 그래서 오늘 첫 파스타 수업은 이 토마토소스를 끓이는 것으로 시작하겠습니다. 그 앞에 궁중 팬 있죠? 거기에 끓여볼 거니까 다들 궁중팬 준비해 주세요."

민석의 말이 끝나자마자 수강생들은 일사불란하게 움직여 토마토소스 만들 준비를 했다.

호검은 첫 수업이라 긴장도 되고 기대도 되었다. 요리사의 돌이 레시피를 알려줄 때 자신이 알고 있는 지식 내에서 조합해서 알려준다는 사실을 깨달았기에 그에게 있어 새로운 것을 배우는 건 매우 중요한 일이었다.

그래서 호검은 민석의 말 한 마디도 놓치지 않으려고 귀를 쫑긋 세우고 민석의 말을 경청했다.

"이 토마토소스를 끓인 다음 파스타 면을 삶아 섞어주면 그게 바로 포모도로(Pomodoro) 파스타입니다. 포모도로란 '황금빛 사과'라는 뜻인데요, 이탈리아에서는 처음 생산되는 토마토가 노랬기 때문에 이 포모도로란 말은 토마토를 지칭합니다. 물론 요즘은 여러분 앞의 스테인리스 통에 담긴 토마토홀을 보시면 알겠지만 이탈리아 토마토도 이렇게 붉은색이죠. 자, 그럼 시작해 볼까요?"

민석은 앞 조리대에서 직접 시범을 보이며 수업을 진행했다.

수강생들은 민석이 하는 대로 가장 먼저 팬에 올리브 오일을 두르고 마늘과 양파를 볶기 시작했다.

"자, 어느 정도 볶았으면 레드와인 있죠? 그걸 팬에 부어주세요. 그리고 알코올이 날아가도록 조금 끓여줍니다."

그런데 갑자기 호겸의 바로 옆에 있던 이십 대 대학생으로 보이는 한 여대생이 깜짝 놀라며 소리를 질렀다.

"엄마야!"

불을 세게 해둔 상태에서 팬에 레드와인을 부으니 순간적으로 와인에 불이 붙은 것이다. 그녀는 놀라서 불이 붙은 팬을 손에서 놓아버렸고, 팬이 밑으로 엎어지려 했다.

그때, 손이 빠른 호겸이 얼른 옆으로 몸을 기울여 왼손으로 그녀의 팬을 탁 잡았다.

"감, 감사합니다. 갑자기 불이 붙어서……. 휴우."

"괜찮으세요? 원래 이렇게 와인을 부으면 잠깐 불이 붙기도 하는데, 금방 사그라들어요."

호검은 그녀에게 팬 손잡이를 넘겨주며 위로했다. 민석이 그녀의 상태를 확인하기 위해 다가왔다.

"괜찮아요?"

"네. 아, 죄송해요. 이런 거 직접 해본 건 처음이라서……."

"앞으로도 와인 부어서 날릴 일이 많을 테니까 항상 와인 부을 때는 조심하세요."

민석의 말을 들은 다른 수강생이 질문을 던졌다.

"근데 와인은 왜 날리는 거예요? 그냥 와인 안 넣으면 안 되나요?"

"안 넣어도 토마토소스는 되겠죠. 근데 와인을 넣으면 그 풍미가 확실히 좋아진답니다. 특히 해산물이나 육류는 반드시 와인을 넣어주어야 비린내나 고기 냄새를 줄여주죠. 여기 토마토소스에는 그런 게 들어가지 않지만 풍미를 위해 넣어주는 거예요."

민석의 말에 수강생들은 고개를 끄덕였고, 일부 수강생은 필기를 했다.

'아, 와인이 중요하구나! 풍미!'

호검은 필기를 하기보다는 자신의 머릿속에 정보를 입력시켜 놓으려고 몇 번이나 되뇌었다.

잠시의 소란이 끝나고 이어서 팬에 토마토홀, 바질, 타임, 오레가노, 로즈마리, 월계수 잎을 넣고 30분 정도 끓여준 후 소금과 후추로 간을 하니 맛있는 토마토소스가 완성되었다.

토마토소스를 끓이는 동안 민석은 다른 냄비에 스파게티니 삶을 물을 얹고 소금을 넣어 끓이라고 했다. 수강생들은 민석의 지시에 따라 물이 끓자 1인분씩 나눠 준 스파게티니를 끓는 물에 넣고 약 8분간 삶았다.

"자, 여러분께 나눠 드린 스파게티니는 1인분입니다. 1인분은 약 80g 정도인데요, 스파게티니의 경우 엄지와 검지로 면을 잡았을 때 500원짜리 동전만 한 크기가 되면 그게 대략 1인분입니다."

수강생들은 면이 다 삶아지자 면에 토마토소스가 잘 배도록 팬에서 한 번 볶아주었다. 그러자 드디어 포모도로 스파게티니가 완성되었다. 이들은 곧바로 시식을 했는데, 수강생들은 다들 감탄사를 연발했다.

"와, 이게 제가 만든 첫 파스타라니!"

"맛있어요!"

"집에서 그냥 만들 때는 이 맛이 안 났는데 와인을 안 넣어서 그런가 봐요!"

민석은 수강생들의 반응에 흐뭇해하며 말했다.

"여러분도 다 할 수 있습니다. 이렇게 제가 하라는 대로만 하면 됩니다. 참, 여러분, 자기 것만 드시지 말고 옆 사람이랑 바꿔서도 드셔보세요."

"똑같은 레시피로 똑같이 만들었는데 맛도 당연히 똑같겠죠."

한 중년의 남자가 피식 웃으며 말했지만, 수강생들은 일단 민석이 그러라고 하니 서로 옆 사람의 파스타를 먹어보았다. 그리고 대부분의 수강생들이 신기해하며 말했다.

"어? 이상하네요. 맛이 달라요. 같은 레시피인데……."

"제 것보다 여기 이분 게 더 맛있네요."

호검의 옆자리에 있던 여대생이 호검의 포모도로를 먹어보고 말했다. 그러자 사람들이 호검의 파스타에 몰려들어 그의 파스타를 조금씩 먹어보았다.

"뭐지? 뭐 다른 거 넣었어요?"

수강생 몇몇이 호검에게 의심의 눈초리를 보냈다.

*   *   *

"내 거랑 맛이 달라요. 더 맛있어요."

"제 거랑도요. 뭔가 더 깊은 맛이 느껴지는데요."

수강생들은 고개를 갸웃거렸고, 호검은 쑥스러워하면서 감사 인사를 했다.

"아, 감사합니다."

"근데 솔직히 말해봐요. 뭐 다른 거 넣었죠?"

중년의 남자가 호검에게 단도직입적으로 물었다.

"아닙니다. 여기 레시피에 나온 재료 외에 넣은 건 없어요. 저도 잘 모르겠네요, 왜 그런지."

호검이 자신도 모르겠다는 듯 대답하자, 이번엔 민석이 수강생들이 빙 둘러서 맛을 보고 있는 가운데 테이블로 다가왔다.

"원래 만드는 사람에 따라 같은 레시피도 맛이 다 다릅니다."

"정말요? 왜 그런 거죠?"

민석의 말에 중년의 남자를 비롯한 다른 수강생들도 호기심 가득한 눈빛으로 민석에게 집중했다. 그러자 민석은 옅은 미소를 띠고 이유를 설명했다.

"불의 세기 차이, 재료를 볶는 시간의 차이, 간의 차이, 와인에서 알코올을 잘 날렸는지의 여부 등 만든 사람의 감각도 요리에서는 중요답니다. 그러니 레시피를 완벽한 요리로 만들어내는 건 요리사 자신의 능력인 거죠. 왜, 손맛이라는 말도 있지 않습니까?"

"아하! 손맛!"

수강생들은 민석의 말에 고개를 끄덕였고, 중년의 남자는 호검에게 미안해하며 말했다.

"미안해요. 진짜 맛있어서 그런 거예요. 난 시중에 파는 조미료를 몰래 넣은 줄 알았다니까요. 사실 우리 할머니가 주머니에 몰래 그 이름 앞뒤가 똑같은 조미료를 숨겼다가 음식에 넣곤 하셨거든요. 우리 어머니가 화학조미료는 안 쓰셔서 조미료를 못 넣게 하니까 그렇게 몰래 넣으시더라고요. 하하!"

"아, 하하하! 괜찮습니다. 맛있다고 해주셔서 감사하죠."

중년 남자의 말에 호검도 웃고 다른 수강생들도 웃음이 터졌다. 웃음이 잦아들자 민석이 이제 자신의 포모도로를 담은 접시를 테이블에 내려놓으며 말했다.

"자, 이제 제 것도 한번 시식해 보세요."

수강생들이 포크를 들고 민석의 파스타로 몰려들었다. 호검도 입맛을 다시며 얼른 포크를 들고 민석의 포모도로 파스타로 돌진했다. 얼마나 맛있을지 기대감에 가득 찬 호검과 수강생들은 각자 자신의 포크를 돌려가며 스파게티니를 크게 감아 입에 집어넣었다.

맛보는 그 순간에 잠시 정적감이 돌더니 곧 수강생들의 눈이 휘둥그레졌다. 일부 수강생은 고개를 돌려 호검을 쳐다보기도 했다. 그때 중년 남자가 호검을 가리키며 입을 열었다.

"헉! 이거 저분이 만든 포모도로랑 맛이 거의 똑같아요!"

"저도 그렇게 느꼈는데……."

"진짜 비슷해요. 아니, 똑같은 거 같아요."

실은 호검도 깜짝 놀랐다. 정말 자신이 만든 포모도로 맛과 거의 흡사했기 때문이다. 수강생들의 말에 민석도 놀란 표정으로 호검에게 다가와 그의 포모도로를 맛보았다.

호로록, 꿀꺽.

"오, 정말! 첫 시간부터 이렇게 내 요리 그대로 맛을 내는 사람은 처음 보네! 허허허!"

민석의 감탄에 수정도 슬쩍 와서 호검의 포모도로를 조금 맛보더니 눈을 동그랗게 뜨고는 고개를 끄덕였다.

"자, 여러분도 이 맛을 낼 수 있습니다. 이 파스타 클래스를 석 달 동안 완주하시면 분명히 좋은 결과가 있을 거예요. 손맛이란 게 타고나기도 하지만, 많이 하다 보면 또 길러지기도 하거든요. 아시겠죠?"

"네!"

수강생들은 손맛을 타고난 호검을 부러워하기도 했고, 또 그를 보면서 자기들도 할 수 있을 거라는 의지를 불태웠다.

또한 호검의 포모도로가 뭔가 더 감칠맛이 있었지만, 사실 다른 수강생들의 포모도로 파스타도 다 맛있었기에 수강생들은 나름 자신들의 첫 파스타 요리에 만족스러워했다.

포모도로 파스타에 이어 푸타네스카 파스타까지 실습을 하고 또 서로 맛을 본 다음 파스타 첫 수업은 끝이 났다.

수업이 끝난 후 수강생들은 호검에게 몰려와 관심을 보이며 이것저것 물었다.

"이름이 뭐예요?"

"아, 강호검입니다."

"혹시 파스타 전문점에서 일하세요?"

"아닙니다. 오늘 처음 배워보는 거예요."

"와, 그럼 다른 요리는 배운 적 있으세요?"

"네. 보쌈집에서 일했어요. 그래서 보쌈은 자신 있어요. 하하!"

"아니, 파스타도 자신 있어 해도 될 것 같은데요? 푸타네스카도 완전 맛있던데."

"맞아요! 바로 파스타 전문점 차려도 손님이 몰려들 것 같아요!"

호검은 사람들의 관심에 조금 당황했지만, 내심으론 기분이 좋았다.

수강생들은 호검을 마구 칭찬한 후 돌아갔다. 그들이 돌아가고 파스타 실습실에는 호검과 수정만이 남았다.

"너 원래 감각 있는 건 알았지만, 처음 만드는 것도 이렇게 잘할 줄은 몰랐어. 대단하다, 너."

"고마워. 근데 나도 사실 몰랐어, 내게 이런 재능이 있는 줄은."

호검이 멋쩍게 웃어 보였다.

수정도 호검을 따라 웃으며 뭔가 더 말하려는데 호검의 휴대폰이 울렸다.

"여보세요?"

―호검아, 그 비밀 레시피 말이야.

"어, 정국아. 그게 뭐래?"

─음, 그거 소스가 아니라 중국 요리 중에 몇 가지를 만드는 그 사람만의 특별한 방법이 있다나 봐. 중국에서 배워 온 건가 봐.

"아, 그래? 그 요리가 뭔데?"

─그걸 모른대. 그게 짜장면인지 유산슬인지, 아니면 탕수육인지 말이야. 아, 천학수란 사람이 매년 한 번씩 자기 수제자를 뽑는 테스트를 하는데, 그걸 통과한 사람한테 그 비밀 레시피를 알려주려는 게 아닌지 추측하는 정도라고 하더라. 아, 수제자는 아직 한 명밖에 없대. 이 형이 그 수제자한테 은근히 물어봤는데 그런 거 없다고 그러긴 했다는데… 근데 배웠어도 배웠다고 하겠냐?

"그렇지. 아무튼 뭔가 색다른 요리법이 있다는 거네?"

─소문일 수도 있지만, 일단 맛집이니까 뭔가가 있긴 있겠지.

"어쨌든 알아봐 줘서 고마워."

─하핫, 그래, 나중에 또 보자.

호검이 전화 통화를 하는 사이 수정은 사무실로 올라간 듯했다.

전화를 끊은 호검도 위층 사무실로 올라가려는데, 파스타 실습실로 민석이 불쑥 들어왔다.

"호검아, 너 이리 와서 앉아봐."

"네."

민석이 파스타 실습실 가운데 놓인 테이블에 앉으며 호검을 불렀다. 호검은 민석의 맞은편에 앉아 궁금한 표정으로 그를 쳐다보았다.

"원래 미각이랑 후각이 뛰어난 줄은 알았지만 이렇게 손맛도 있는 줄은 몰랐다. 그래서 말인데, 너 나한테 틈틈이 수업 좀 받아볼래?"

"네? 무슨 수업이요?"

호검은 민석의 뜻밖의 제안에 깜짝 놀라 되물었다.

"곧 메인 요리랑 디저트 클래스는 개설할 거니까 그건 수업을 들으면 되는데, 사실 중요한 건 소스거든. 근데 그건 수업을 만들 계획이 없어."

"소스라면 오늘 만든 토마토소스 같은 거 말씀하시는 건가요? 크림소스라든가 뭐 그런 것들요?"

"맞아, 그것도 소스의 한 종류지. 근데 소스가 굉장히 광범위하거든. 아, 쉬운 예를 들어 설명해 주자면, 음, 마요네즈 알지?"

"네, 알죠."

"마요네즈도 소스의 한 종류잖아? 근데 그건 모체 소스고, 이 모체 소스에서 다른 소스들을 만들어낼 수 있거든. 이걸 파생 소스라고 하는데, 마요네즈의 파생 소스는 타르타르 드레싱이라든가 시저 드레싱, 앙달루즈소스 같은 것들이 있어.

타르타르소스는 들어봤지?"

"타르타르소스라면 생선가스 찍어 먹는 소스 아닌가요?"

호검이 처음 듣는 소스에 관한 설명에 흥미로운 듯 눈을 반짝이며 대답했다.

"맞아, 잘 아네. 아무튼 이런 소스 관련한 내용만으로도 책한 권은 족히 나오거든. 근데 소스를 많이 아는 게 정말 중요해. 아는 만큼 보인다고, 소스를 많이 알아야 다양한 맛도 알고, 재료들이 조합되면 무슨 맛이 나는지도 알고, 각 소스와어울리는 재료도 알 수 있어. 그리고 많은 소스를 알면 알수록 그 소스를 활용해서 새로운 소스도 창조해 내기 쉽지. 어때? 배워볼래?"

양식 쪽으로는 아무 지식이 없는 호검은 이렇게 소스도 따로 배워야 하는 줄은 몰랐다. 그런데 민석이 이렇게 열성적으로 추가 수업을 해주겠다고 하니 호검은 뛸 듯이 기뻤다.

"가르쳐 주시면 정말 감사하죠! 열심히 하겠습니다!"

"오, 그래. 호검이 네가 요리에 재능이 많은 것 같아서 그래. 난 그런 재능 있는 사람을 보면 막 가르쳐 주고 싶거든. 하하!"

배우려는 호검도 의지에 불타올랐지만, 그보다도 민석이 가르쳐 주고 싶어서 더 안달이 난 듯했다.

"감사합니다, 아저씨!"

"음, 그럼 쇠뿔도 단김에 빼랬다고 당장 오늘부터 시작해 볼까?"

*   *   *

민석은 호검에게 당장 오늘 일을 마치고 첫 수업을 하자고 제안했다. 호검은 물론 그러겠다고 했다. 민석은 호검이 철수의 아들이어서 더 신경을 써주는 부분도 있었지만, 호검이 정말 가능성이 있어 보이기에 이런 파격적인 제안을 한 것이다.

민석은 기뻐하는 호검을 흐뭇하게 바라보다가 파스타 실습실을 나와 다시 사무실로 올라가며 호검의 양아버지이자 자신의 친구인 철수를 떠올렸다.

'철수야, 네 아들, 내가 잘 가르쳐 줄게. 걱정 마.'

민석은 호텔 총주방장을 그만두고 요리 학원을 하길 잘했다는 생각이 들었다. 호텔에선 이렇게 호검을 따로 가르쳐 줄 시간도 없는 데다 호검도 호텔에 들어와서 일을 하면서 기본적인 것들을 배우기엔 무리가 있기 때문이다.

이런 생각을 하면서 계단을 오르는데 수정이 사무실에서 내려오다가 민석을 보고 말했다.

"아, 원장님, 남 셰프님한테서 올푸드(All Food) 요리쇼 초대권이 왔어요!"

남 셰프는 수정이 여기 쿠치나투라 요리 학원에 보조 강사로 오기 전에 이태리 요리를 배운 학원의 선생님이었다. 남 셰프는 민석과 친분이 조금 있는 사이였는데, 수정이 이곳에 보조 강사로 오게 된 것도 남 셰프가 소개를 해주었기 때문이다.

"오호, 그래? 안 그래도 초대권이 올 때가 됐다 싶었는데. 이번 요리쇼는 언제래?"

민석이 잠시 발걸음을 멈추고 물었다.

"겉봉투에 쓰여 있는 거 보니까 이번 주말이던데요?"

올푸드 요리쇼는 이번 토요일, 일요일 이틀에 걸쳐 열렸다. 민석이 아쉬운 듯 살짝 미간을 찡그리며 중얼거렸다.

"아, 이런. 나 이번 토요일에 일본 가는데."

"아, 그럼 일요일에도 못 오시는 거예요? 올해 올푸드 요리쇼, 되게 재밌을 것 같던데. 이선우도 나온다는 거 같더라고요."

"아, 이선우! 아무튼 일단 이번엔 누가 나오나 한번 살펴나 봐야지."

수정이 민석에게 살짝 목례를 하자 민석은 다시 계단을 오르기 시작했다. 민석이 사무실로 들어가서 자신의 책상으로 가보니 책상 위에 수정이 가져다 놓은 올푸드 요리쇼 초대권이 든 봉투가 놓여 있다. 민석이 봉투를 열어 초대권과 함께 들어 있는 작은 팸플릿을 꺼내 펼쳐보는데, 고 셰프가 민석에게 말을 걸었다.

"원장님, 요리쇼 초대권……."

"알아. 고 셰프도 받았지?"

"네, 전 이번에 와이프랑 같이 가려고요. 저번에 제자를 데리고 갔는데 와이프가 자기 안 데리고 갔다고 올해는 꼭 자기가 갈 거라고 벼르고 있거든요. 하하!"

"음, 난 이번엔 못 갈 것 같은데……. 이야, 이선우 엄청 잘나가는구만! 퓨전요리쇼 하나 맡았네? 게다가 방송도 한다고 하고."

팸플릿을 살펴보던 민석이 가장 첫 페이지에 크게 들어가 있는 이선우 얼굴을 보고 말했다. 올푸드 요리쇼에서 메인이 되는 주요 공연이 유명 요리사들이 직접 요리 만드는 것을 보여주고 레시피도 공개하는 요리쇼였는데, 중화요리쇼, 일본요리쇼, 서양요리쇼, 전통요리쇼, 퓨전요리쇼 이렇게 다섯 가지 쇼가 준비되어 있었다.

"이선우가 인기도 좋고 이번에 WCC 세계요리월드컵에 나가서 4위가 했잖아요. 그러니까 부랴부랴 잡았겠지. 흠, 아니다. 원래부터 요리쇼에 나올 거라는 소문은 있던 것 같기도 하고. 아무튼 세계요리월드컵 덕에 그렇게 메인으로 딱 자리 잡은 걸 거예요."

"그렇겠지? 사진 잘 나왔네. 흠, 이번엔 규모가 더 커진 것 같군. 오, 참여하는 쇼도 있네? 칼질 미션쇼?"

올푸드 요리쇼는 2000년부터 시작된 요리쇼로 처음엔 여러 요리사를 대중에게 알리고 여러 음식점이 홍보도 할 의도로 시작했는데 점점 더 규모가 커져서 요리사들의 축제처럼 치러지고 있었다.

특히 요리에 관한 모든 것이 소개되기에 요리사를 꿈꾸는 지망생이라면 반드시 가보아야 할 쇼였다. 요리에 필요한 조리 도구에서부터 다양한 식재료와 요리 소개, 유명한 요리사들의 요리 시연 및 레시피 공개, 여러 유명 음식점들이 참여하는 시식 코너 등 볼거리, 먹을거리가 넘쳐나는 국내 최대 규모의 요리쇼였다.

"워낙 요리사도 많이 구경 오니까 즉석에서 이슈 좀 만들어 보려고 이벤트를 만들었나 봐요. 그거 말고도 몇 개 더 있던데, 관객 참여를 유도하는 그런 것들이요."

"오호, 일반인도 구경하러 많이 오겠네. 이선우를 보기 위해서도 많이 오겠지만. 아, 근데 나 이번에 못 가는데. 쩝."

민석이 다시 한 번 못 간다는 사실을 되뇌며 씁쓸한 듯 입맛을 다셨다. 잠시 고민하던 민석은 초대권을 들고 아래층으로 내려갔다.

"어이, 차 강사!"

민석이 파스타 실습실 문을 빠끔히 열고 차 강사를 불렀다. 미리 준비해 둔 재료를 각 실습 가스레인지 앞에 올려놓고 있던 수정과 호검이 동시에 민석을 돌아보았다.

"네, 원장님."

민석이 문을 밀고 들어와 초대권을 수정에게 불쑥 내밀며 물었다.

"둘이 올푸드 요리쇼 갔다 올래?"

"네? 정말요? 전 무조건 갈래요!"

차분한 수정이 웬일로 함박웃음을 지으며 얼른 민석이 내민 초대권을 받아 들었다. 그 모습을 보며 호검이 물었다.

"올푸드 요리쇼요?"

"너 거기 안 가봤지? 난 작년에 가봤는데 진짜 볼거리, 먹을 거리 많고 재밌어! 유명 요리사들 와서 시연도 해주는데 보면 되게 도움 많이 될 거야. 같이 가자!"

호검은 수정이 이렇게 들뜬 모습을 처음 보는 것 같았다. 그는 수정이 귀여워서 피식 웃으며 대답했다.

"알았어, 재밌겠네. 근데 언제야?"

"이번 주 토요일, 일요일!"

"응, 알겠어. 감사합니다, 원장님."

호검이 민석에게 꾸벅 인사하자 민석이 만족스러운 듯 웃으며 말했다.

"그래, 효율성 면에서도 젊은 너희들이 가서 보는 게 나을 거야. 어차피 난 못 가니까. 아, 근데 미션이 있어."

"무슨 미션인데요?"

미션이라는 말에 수정과 호검이 살짝 불안한 눈치를 보였다. 그러자 민석이 싱글벙글 웃으며 말했다.

"갔다 와서 기억에 남는 거, 물론 요리에 관한 거 나한테 보고해."

"보고서나 감상문 써야 하는 건가요?"

"아니, 아니야. 하하하! 그냥 본 거 얘기나 해달라고. 사진도 좀 찍어 오고 말이야."

"네, 그럼요! 제가 잘 보고 와서 꼭 보고할게요!"

수정이 자신 있다는 듯 대답했고, 호검도 고개를 끄덕였다. 수정은 요리쇼 초대권을 받은 이후 하루 종일 기분이 들떠 콧노래를 부르며 재료 준비를 했고, 금방 퇴근 시간이 되었다.

뒷정리까지 모두 마친 수정이 퇴근을 하기 위해 조리복을 벗어놓고 가방을 챙기며 호검에게 물었다.

"호검아, 너 안 가? 맨날 나보다 일찍 가더니 오늘은 왜 이렇게 미적거리고 있어?"

지금까지 호검은 항상 수정보다 먼저 후다닥 마무리를 하고 퇴근했는데, 오늘은 웬일로 조리복도 벗지 않고 느릿느릿 움직이고 있으니 수정이 물어본 것이다. 물론 호검은 민석에게 소스 강의를 듣기 위해 대기 중이었다. 하지만 일단은 대충 둘러댔다.

"음, 나 원장님이랑 할 얘기가 좀 있어서. 너 먼저 가."

"아, 그래서 그랬구나? 그래, 그럼 나 먼저 갈게. 안녕, 내일 보자."

"그래, 조심해서 가."

수정이 나가고 호검은 창가로 다가갔다. 창밖을 내다보니 해가 뉘엿뉘엿 지고 있었다.

호검은 창밖으로 수정이 가는 뒷모습을 지켜보았다. 오늘 그녀는 기분이 좋아서 그런지 발걸음도 굉장히 가벼워 보였다.

'오늘 되게 발랄하네. 귀여워. 흐흐, 버스 타고 가나?'

호검이 그녀의 뒷모습을 따라 시선을 옮기고 있는데, 그녀는 버스 정류장으로 가지 않고 길가에 서 있었다.

'택시 타고 가려는 건가?'

호검이 창턱에 기대서서 그녀를 계속 보고 있는데, 외제차 한 대가 그녀의 앞에 와서 섰다. 그리고 그녀는 얼른 앞문을 열고 차에 탔다. 호검은 깜짝 놀라 몸을 똑바로 일으켰다. 외제차가 데리러 오다니, 호검은 불길한 예감에 휩싸였다.

'맞아, 남자친구가 있을지도 몰라.'

호검이 조금 불안한 표정으로 수정을 태운 외제차를 쳐다 보고 있는데, 민석이 파스타 실습실로 들어왔다.

"호검아, 거기서 뭐 해?"

"아, 아무것도 아니에요. 그냥 심심해서 창밖 좀 내다보고 있었어요."

"그래? 이리 와서 앉아. 소스 이론 설명부터 간단히 해줄 테 니까."

호검은 얼른 가운데 있는 테이블로 와서 앉았다. 그런데 민 석이 대뜸 물었다.

"참, 너 칼질 잘한다고 하지 않았어? 네 아버지한테서도 그 런 얘기 들은 것 같은데?"

"아, 뭐, 조금요. 제가 칼질하는 걸 엄청 좋아하는 칼질성애 자라서요. 하하!"

"오, 그래? 언제 칼 솜씨 좀 보면 좋겠네. 우리 학원 재료 준 비에는 그리 칼 솜씨가 필요하지 않지? 안 그래?"

"네, 그러네요."

"흠, 이번 올푸드 요리쇼에서 무슨 칼질 미션쇼 같은 게 있 던데, 그거 한번 나가봐."

민석이 지나가는 말로 슬쩍 칼질 미션쇼를 언급했는데, 호 검은 칼질 미션이라는 말에 귀를 쫑긋했다.

『탑 레시피가 보여』 2권에 계속…

초대형 24시 만화방

신간 100%, 샤워실, 흡연실, 수면실(침대석), 커플석, 세탁기 완비

■ 시흥 정왕25시점 ■

경기 시흥시 정왕동 1742-13 미스터피자 건물 5층
031) 319-5629

■ 강북 노원역점 ■

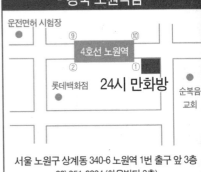

서울 노원구 상계동 340-6 노원역 1번 출구 앞 3층
02) 951-8324 (화용빌딩 3층)

■ 일산 정발산역점 ■

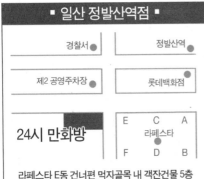

라페스타 E동 건너편 먹자골목 내 객잔건물 5층
031) 914-1957

■ 일산 화정역점 ■

경기도 고양시 덕양구 화정동 984번지 서일빌딩 7층
031) 979-4874 (서일사우나 건물 7층)

■ 부천 역곡역점 ■

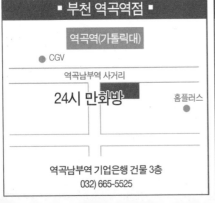

역곡남부역 기업은행 건물 3층
032) 665-5525

■ 부평역점 ■

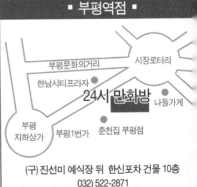

(구)진선미 예식장 뒤 한신포차 건물 10층
032) 522-2871

GRAND SLAM

FUSION FANTASTIC STORY

자미소 장편소설

그랜드슬램

2016년의 대미를 장식할 최고의 스포츠 소설!!

Career record : 984W 26L
Career titles : 95
Highest ranking : No.1(387weeks)
Grand Slam Singles results : 23W
Paralympic medal record : Singles Gold(2012, 2016)

**약 십 년여를 세계 최고로 군림한 천재 테니스 선수.
경기 내내 그의 몸을 지탱하고 있는 것은…… 휠체어였다.**

『그랜드슬램』

휠체어 테니스계의 신, 이영석(32).
그는 정상의 자리에서도 끝없는 갈망에 사로잡혀 있었다.

"걷고 싶다, 뛰고 싶다. …날고 싶다!!"

**뛸 수 없던 천재 테니스 선수
그에게, 날개가 달렸다!!!**

Book Publishing CHUNGEORAM

유행이 아닌 자유추구 -
WWW. chungeoram.com

GAME BALL

게임볼

설경구 장편 소설
FUSION FANTASTIC STORY

무명의 야구인이었던 남자,
우진이 펼치는 야구 감독으로서의 화려한 일대기!

『게임볼』

"이 멤버로 우승을 시키라고?"

가상 야구 게임,
게임볼을 통해 인생 역전을 꿈꾸는

한 남자의 뜨거운 행보에 주목하라!

허담 新무협 판타지 소설
FANTASTIC ORIENTAL HEROES

신력을 타고났으나 그것은 축복이 아닌 저주였다.

『십자성 - 전왕의 검』

남과 다르기에 계속된 도망자의 삶.
거듭된 도망의 끝은 북방 이민족의 땅이었다.
야만자의 땅에서 적풍은 마침내 검을 드는데……!

"다시는 숨어 살지 않겠다!"

쫓기지 않고 군림하리라!
절대마지 십자성을 거느린
적풍의 압도적인 무림행이 시작된다!